共和国故事

国法如天

——全国深入开展打击刑事犯罪斗争

李 琼 编写

吉林出版集团股份有限公司

图书在版编目（CIP）数据

国法如天：全国深入开展打击刑事犯罪斗争/李琼编．—长春：吉林出版集团股份有限公司，2009.12

（共和国故事）

ISBN 978-7-5463-2093-9

Ⅰ．①国… Ⅱ．①李… Ⅲ．①纪实文学－中国－当代 Ⅳ．①I25

中国版本图书馆 CIP 数据核字（2010）第 004135 号

国法如天——全国深入开展打击刑事犯罪斗争

GUOFA RU TIAN　QUANGUO SHENRU KAIZHAN DAJI XINGSHI FANZUI DOUZHENG

编写　李琼

责任编辑　祖航　宋巧玲

出版发行　吉林出版集团股份有限公司

印刷　三河市嵩川印刷有限公司

版次　2010 年 1 月第 1 版　2022 年 1 月第 9 次印刷

开本　710mm × 1000mm　1/16　印张　8　字数　69 千

书号　ISBN 978-7-5463-2093-9　定价　29.80 元

社址　吉林省长春市福祉大路 5788 号

电话　0431－81629968

电子邮箱　tuzi8818@126.com

前　言

自 1949 年 10 月 1 日中华人民共和国成立至今，新中国已走过了 60 年的风雨历程。历史是一面镜子，我们可以从多视角、多侧面对其进行解读。然而有一点是可以肯定的，那就是，半个多世纪以来，在中国共产党的领导下，中国的政治、经济、军事、外交、文化、教育、科技、社会、民生等领域，都发生了深刻的变化，中国人民站起来了，中华民族已屹立于世界民族之林。

60 年是短暂的，但这 60 年带给中国的却是极不平凡的。60 年的神州大地经历了沧桑巨变。从开国大典到 60 年国庆盛典，从经济战线上的三大战役到经济总量居世界第三位，从对农业、手工业、资本主义工商业的三大改造到社会主义市场经济体制的基本确立，从宜将剩勇追穷寇到建立了强大的国防军，从废除一切不平等条约到独立自主的和平外交政策，从“双百”方针到体制改革后的文化事业欣欣向荣，从扫除文盲到实施科教兴国战略建设新型国家，从翻身解放到实现小康社会，凡此种种，中国人民在每个领域无不留下发展的足迹，写就不朽的诗篇。

60 年的时间在历史的长河中可谓沧海一粟。其间究竟发生了些什么，怎样发生的，过程怎样，结果如何，却非人人都清楚知道的。对此，亲身经历者或可鲜活如昨，但对后来者来说却可能只是一个概念，对某段历史的记忆影像或不存在，或是模糊的。基于此，为了让年轻人，特别是青少年永远铭记共和国这段不朽的历史，我们推出了这套《共和国故事》。

《共和国故事》虽为故事，但却与戏说无关，我们不过是想借助通俗、富于感染力的文字记录这段历史。在丛书的谋篇布局上，我们尽量选取各个时代具有代表性或深具普遍意义的若干事件加以叙述，使其能反映共和国发展的全景和脉络。为了使题目的设置不至于因大而空，我们着眼于每一重大历史事件的缘起、过程、结局、时间、地点、人物等，抓住点滴和些许小事，力求通透。

历史是复杂的，事态的发展因素也是多方面的。由于叙述者的视角、文化构成不同，对事件的认知或有不足，但这不会影响我们对整个历史事件的判断和思考，至于它能否清晰地表达出我们编辑这套书的本意，那只能交给读者去评判了。

这套丛书可谓是一部书写红色记忆的读物，它对于了解共和国的历史、中国共产党的英明领导和中国人民的伟大实践都是不可或缺的。同时，这套丛书又是一套普及性读物，既针对重点阅读人群，也适宜在全民中推广。相信它必将在我国开展的全民阅读活动中发挥大的作用，成为装备中小学图书馆、农家书屋、社区书屋、机关及企事业单位职工图书室、连队图书室等的重点选择对象。

编　者

2010 年 1 月

目录

一、决策内幕

二、“严打”展开

三、警钟长鸣

目录

一、决策内幕

- 邓小平语重心长地说：“那些犯罪分子在看风向，如果还是软弱无力处理不严，坏人的气势还会长上来。”

- 彭真充满信心地说：“我认为这个决策能够从根本上扭转软弱涣散的被动局面。”

邓小平作出“严打”决定

1983年7月19日9时许，公安部部长刘复之来到邓小平在北戴河的住所。

一天前，邓小平的秘书告诉刘复之：邓小平同志正找他，要和他谈谈一份报告的审批意见。这份报告名叫《关于发挥专政职能改善公安装备的报告》，主要目的是为了整治社会秩序。起草者正是刘复之。

当时，中国社会的治安形势十分严峻，杀人、抢劫、强奸等恶性刑事案件接连发生。东北的“二王”抢劫案、卓长仁劫机案、上海“控江路流氓团伙滋扰事件”等，在社会上引起了强烈反响。

刘复之当时刚从司法部调到公安部。他在报告里阐述治理方式时写道：

> 注意不一刀切，不炒剩饭，不该抓的坚持不抓。

刘复之来到邓小平的住处。时任全国人大常委会委员长的彭真也来了。邓小平从便门走进会客室，手里拿着刘复之代表公安部写的这份报告。

邓小平开门见山地对刘复之说：“你们这个文件不解

决问题。”

刘复之的报告是 7 月 16 日送出的，邓小平在两天之内就看完了，但他对此不满意。

“刑事案件、恶性案件大幅度增加，这种情况很不得人心。”邓小平翻开公安部的报告，边念边说，“你们的文章主要是这一段：‘要求对各种犯罪分子和流氓团伙的骨干分子，收容审查一批，劳教一批，拘留一批，逮捕法办一批，对严重犯罪分子坚决依法从重从快惩处。同时，注意不一刀切，不炒剩饭，不该抓的坚持不抓，该从宽的坚持从宽，要进一步加强群众工作和基层工作，多做教育、疏导和预防犯罪工作，落实基层单位的公安保卫责任制。’”

念到这里时，邓小平批评说：

> 这样四平八稳，解决不了问题嘛。毛病就在于你们后面讲的“注意不一刀切”，稳稳当当的，就不能解决问题。

邓小平的态度十分坚决，他说：“搞得不痛不痒的不行，这样搞是不得人心的。”

刘复之后来回忆说：

> 1983 年 7 月 19 日，盛夏时节，小平同志在北戴河找我谈了一次严厉打击刑事犯罪的问题。他

分析了什么叫严厉打击刑事犯罪活动，为什么要“严打”这个人们普遍关心的问题。他精辟地指出：“‘严打’就是加强专政力量，这就是专政。”

小平同志的这次谈话同过去一样，给我留下了难忘的印象：他思维敏捷，洞察细微，言语明晰，记忆力强……

刘复之后来回忆，当时邓小平的态度非常坚决：要求严厉打击刑事犯罪。对第一次“严打”的方针、步骤和措施，邓小平也作了系统部署。

邓小平说：

每个大中城市，都要在三年内组织几次战役。比如说北京，流氓犯罪集团到底有多少，有哪些人，是不难搞清楚的。

接着，邓小平说：

一次战役打击他一大批，就这么干下去。我们说过不搞运动，但集中打击严重刑事犯罪活动还必须发动群众。动员全市人民参加，这本身对人民是教育，同时能挽救很多人，挽救很多青年。发动群众，声势大，有的罪犯会闻风跑掉，那也不要紧，还有第二次战役可以追回来。

邓小平语重心长地说："那些犯罪分子在看风向，如果还是软弱无力处理不严，坏人的气势还会长上来。"

接着，邓小平做了一个十分有力的手势，坚定地说：

> 对严重刑事犯罪分子，必须坚决逮捕、判刑，组织劳动改造，给予严厉的法律制裁。必须依法杀一批，有些要长期关起来。还要不断地打击，冒出一批抓一批。不然的话，犯罪的人无所畏惧，10年20年也解决不了问题。

邓小平已经预见到如此严厉打击会引起争议，他说：

> 现在是非常状态，必须依法从重、从快集中打击，严才能治住。搞得不疼不痒，不得人心。我们说加强人民民主专政，这就是人民民主专政。要讲人道主义，我们保护最大多数人的安全，这就是最大的人道主义！
>
> 严厉打击刑事犯罪活动是一件大快人心的事。先从北京开始，然后上海、天津，以至其他城市。只要坚持这么干，情况一定能好转。

当时，有些同志对刑事犯罪的严重性、危害性认识不足，对依法从重、从快打击严重刑事犯罪活动的方针也不够理解。因此，虽然在贯彻这个方针中收到了一些成效，但由于种种原因，声势和威慑力都不够大，出现了“坏人不怕法，好人怕坏人”的情况。

这种情况引起了邓小平的深切忧虑。邓小平十分坚定地提出严厉打击刑事犯罪分子的主张。

后来，刘复之深情地回忆道：

全国解放以来，小平同志在党中央工作的几十年间，多次主持讨论公安工作。党的十一届三中全会以来，他对公安保卫和整个政法工作有过大量的指示。

对我个人来说，1983 年 7 月这次谈话是记忆中最深刻的一次。我把这次谈话和随后的实践，看作自己一生受到的最坚持人民民主专政的教育。

究竟是什么事件促使邓小平果断作出这一决策呢？

邓小平决定“严打”的导火线是 1983 年发生在内蒙古自治区呼伦贝尔盟喜桂图旗的“六一六”案件。

在这起案件中，10 名犯罪分子在长达 10 多个小时的作案时间里，残忍地杀死了 26 名无辜者。此中有 75 岁的老人，有 2 岁的幼儿，并有多名女青年被强奸、轮奸。这帮犯罪分子同时还犯有抢劫罪、爆炸罪。

这是新中国成立以来的一起极为罕见的特大凶杀案。作案歹徒的残忍与胆大妄为让人震惊。

1980 年 10 月 29 日 18 时 15 分，北京火车站二楼南走廊突然发生爆炸。当场炸死 1 人，伤 89 人，抢救过程中陆续又有 9 人死亡。

随后北京市警方还收到署名“史秋民”“悬崖人”发来的恐吓信……

北京火车站爆炸案的烟雾刚消退，北海公园又发生了公然调戏、强奸女学生的恶性案件。

在“严打”期间担任公安部治安行政管理局领导工作的刘文后来回忆说：

在 1983 年 8 月前的一段时间里，社会治安问题比较突出，被称为社会治安的非常时期……

随着改革开放的进程，就像那一段时间我们常说的那样，打开门窗的同时，也难免进来苍蝇蚊子，一些过去已经绝迹的犯罪现象重新出现，而且由于各类重大恶性案件的接连发生，严重危害了人民生命财产的安全，破坏社会安定，直接影响到社会主义建设与改革开放的顺利进行……

亲自参加过“严打”工作的北京市检察官李天裕后来也回忆说：

当时，社会刚刚开始转型，社会治安形势严峻。在全国，还有我们北京都发生了一些恶性案件，严重危害了社会经济秩序和人民群众的生命、财产安全，直接影响着改革开放与经济建设的发展。

我记得当时上海发生的一起案件，犯罪分子在光天化日之下把一名妇女的衣服剥光了耍流氓；还有发生在河南的一个案件，一对新婚夫妻度蜜月，几个年轻人调戏女方，新婚丈夫仅仅回嘴表示愤怒，几个年轻人就把这位新婚丈夫殴打致死。

我也办理了一起案件，一个 10 余人的犯罪团伙持大砍刀、自制土枪在崇文门抢劫，公安出警，犯罪分子高喊“冲啊”，气焰嚣张。

这些案件影响很坏，群众意见很大，引起了中央领导的重视。

1983 年的“严打”，主要针对流氓犯罪、故意伤害犯罪、拐卖人口犯罪等这些严重危害社会治安的犯罪……

当时，1979 年颁布实行的《刑法》对强奸、盗窃、抢劫等严重刑事犯罪量刑偏低，而且公安机关的装备落后，民警的待遇偏低，已经严重不适应形势。

坏人神气、好人受气、公安憋气，这“三气”对当时的治安状况进行了生动形象的描述。

在这种情况下，邓小平及时作出开展“严打”战役的决策。他针对有人“怕搞错两类矛盾”，直截了当指出：

> 就是应该把严重刑事犯罪分子当做敌我矛盾来处理：我们保证最多数人的安全，这就是人道主义。

刘复之后来在《人道主义就是保护最大多数人的安全》这篇文章中深情地写道：

> 小平同志对这次“严打”的战略决策，结束了几年来打击刑事犯罪徘徊不前的局面。
>
> 从1983年8月起，全国开展了持续3年、分3个战役的统一行动，集中打击。
>
> 这一场“严打”斗争，在明确的思想指导下，步调一致，行动迅速。当年8月、9月这两个月，全国各大中城市就依法收容审查、拘留、劳动教养和逮捕了一大批各种刑事犯罪分子，并给予了各种应得的法律制裁。
>
> “严打”的效果非常显著，治安形势迅速

改观。

小平同志的这次谈话，同他1982年提出依法从重、从严打击经济犯罪一样，贯穿着“一手抓建设，一手抓法制”的“两手抓”的指导思想，闪耀着唯物辩证法的光芒，在坚持人民民主专政历史上增添了光辉的篇章。

7月20日，公安部立即在北戴河召集北京市、河北省、辽宁省的公安、政法领导干部开会。

刘复之后来回忆说：

我在会上传达了小平同志的重要谈话和彭真同志的指示，组织学习和研究作战方案；同时，征求了上海、天津、广东等省、市的意见。

同志们听到小平同志的重要指示，一致认为，这是对公安工作乃至对整个政法工作的最大关怀、最热情的支持，是对坚持人民民主专政实践的最有力的指导。到会同志莫不欢欣鼓舞，精神振奋。

座谈的第二天，我们和一些地方同志去看望彭真同志。一见面他就说：“见到你们高兴的样子，看来问题解决了。”

在彭真同志亲自领导下，很快拟出了第一战役第一仗的初步方案。

我们得到党中央书记处分管政法工作的书记陈丕显同志的具体指导，得到党中央、国务院、全国人大常委会领导同志的支持。

经党中央批准，8月2日，陈丕显同志在北京主持召开了全国政法工作会议。在预备会上，领导同志又一次听取了北京、天津、上海、广东、湖北、河北、辽宁等省、市的意见。经过大会充分讨论，大家一致拥护小平同志的指示，决心雷厉风行地贯彻执行。

根据邓小平指示，中央政法委员会起草了《坚决贯彻执行党中央关于严厉打击刑事犯罪活动指示的报告》。

7月26日下午，中央政法委员会召开扩大会，讨论了这个报告。决定立即召开全国政法工作会议，部署“严打”斗争，并连夜对报告作了修改。

7月27日，中央政法委员会把这份报告上报党中央。

中央书记处认为刑事犯罪、恶性案件越来越多、越来越严重的主要原因是打击不力。对严重刑事犯罪分子要依法从重、从快，坚决打击，一网打尽。应该把严重刑事犯罪分子当做敌我矛盾处理，这样才能解决社会治安问题。

彭真赞成“严打”决策

彭真十分赞成邓小平提出的“严打”决策。彭真充满信心地说：“我认为这个决策能够从根本上扭转软弱涣散的被动局面。”

事实上，彭真和邓小平一样，也一直在思考怎样解决当时的社会治安问题。

1983 年年初，大城市社会秩序恶化，妇女晚上不敢单独上班。连续发生在大城市的恶性治安案件震惊了中国社会。

1979 年的 9 月 9 日 19 时左右，上海杨浦区控江路发生一起恶性事件。在光天化日之下，流氓团伙把一位妇女的衣服剥光，肆意侮辱，引来数千群众围观，严重阻塞交通。杨浦分局出动了 80 名民警、治安队员冲进去抓了 5 名现行犯罪分子，才基本控制局势。

紧接着，上海市公安局又调了 200 名民警赶到现场维持秩序，到半夜 24 时才恢复正常秩序。

当时，主管政法工作的彭真对犯罪分子的胆大妄为深感气愤。彭真指示一定要针对社会治安问题进行调查研究，分析形势，然后制定解决这些问题的办法。

1980 年 1 月彭真来到上海，一些负责上海公、检、法工作的同志向他汇报上海的治安问题，当时任上海市委常委、副市长、公安局局长的王鉴也参加了汇报。

彭真听完汇报后讲了一番话，让与会人员受益匪浅。他说：

安定团结和“四化”不可分。公、检、法抓治安，抓安定团结，就是抓“四化”。不抓治安工作，怎么搞好生产？搞“四化”，不抓安定，团结不成。

彭真还说：

公、检、法是什么机关？专政机关。要保护好人，打击坏人。

反革命是坏人，现行刑事犯也是坏人。劳教的，不说是坏人，是做了坏事。

公、检、法要使好人喜欢，坏人害怕。做到这一点，可以打5分。这是指导思想，认识一致了，就好办。

彭真还语重心长地说：

当前，对现行犯罪分子的处埋，不能从轻，要从重；不能从慢，要从快，慢慢腾腾不行。整顿治安，一个惩办，一个教育。惩办也是一种教育方式。

当时，不少人对“严打”有顾虑。针对这一问题，彭真说：

量刑幅度和形势有什么关系，为什么刑法对量刑规定那么大的幅度？杀人、抢劫、强奸等犯罪的判处，都是从几年到死刑。一是各种犯罪的情节千差万别；二是由形势决定的。

…………

这是形势决定的，形势不是主观意志。犯罪的情节、形势都是客观的。当然判轻判重都要依法行事，不能违法。

彭真进一步指出：

下一步怎么搞？继续严厉打击现行犯。对杀人、放火、抢劫、强奸和其他严重危害社会治安的现行犯不打击，怎么搞“四化”？

劳改、劳教解除后重新犯罪的，要加重处理。

要挖团伙的头头和教唆犯，对头头要依法判重一点。团伙其他人除凶杀、强奸等和屡教不改的以外，在劳动中改造。

青少年着重在教育，有轻微违法犯罪行为的，送工读学校。

这是彭真第一次提出打击刑事犯罪要“从重、从快”。

彭真亲自到上海控江路视察。环顾四周，彭真不禁感愤：“繁华闹市，光天化日，一伙流氓滋事，本应是老鼠过街，人人喊打，何以如此猖狂？”

王鉴沉痛地说：“这是我们失职，请首长处分！”

彭真问：“民警制止的时候为什么没有群众响应？制止不住的时候为什么没有增援警力？我们的公安有没有应对突发事件的有效手段？”

王鉴等无言以对。

彭真说：“这绝不是孤立事件。最近，北京也出了在公共厕所强奸妇女的案子。抢劫、盗窃、流氓滋事，破坏社会治安的案件，在全国各大城市猛烈上升，必须严厉打击！”

1980 年 2 月，彭真去广州考察，经过进一步调查，他又讲了这个问题。

1981 年 5 月，彭真亲自主持召开北京、上海、天津、成都、武汉五大城市治安座谈会。

在这次座谈会上，彭真明确提出：

要实行依法从重、从快打击严重刑事犯罪

活动的方针，坚决把社会治安整顿好，力争取得明显成效。

公安干部反映：“现在警力严重不足，警校还没有恢复。”

彭真立即表态：“可以从军队要人。现在全军正在精简，有大量干部战士复员，可以挑几十万人充实公安队伍。”

彭真指出：

公安队伍再大，也离不开群众的支援。除了专业公安队伍以外，过去发挥了很大作用的基层治安队伍也应该恢复起来，包括居民委员会、治保委员会、调解委员会等等，永远也不要忘记我们中国治安工作的绝招，那就是工作基础在基层！

中央采取“严打”措施

1983 年 7 月 29 日，全国政法工作会议在北京召开。

中共中央、国务院各部门负责人，各省、市、自治区党委、政府和公、检、法、司部门的负责人出席了会议。会议的主题就是贯彻中央关于严厉打击刑事犯罪活动的指示，部署在全国范围内开展“严打”斗争。

这次会议传达了邓小平关于严厉打击刑事犯罪活动的指示，讨论了解决社会治安问题的大政方针和行动部署。

全国政法工作会议的主要内容，就是统一部署：从现在起，在三年内组织三场战役。

这次会议还提出对严重刑事犯罪分子的方针：

依法从重、从快，一网打尽。

全国政法工作会议结束后，最高人民检察院将参加会议的各省、市、区的检察长留下来，继续协商有关“严打”的各项事宜。

1983 年 8 月 3 日，全国检察长座谈会在北京召开。

这次会议原定 10 月份召开，刘复之考虑到开展“严打”斗争是中央的一个重大决策，贯彻得越快越好。所以他提出，最好在全国政法工作会议后增加几天开专业会议，贯彻中央精神，各系统具体部署一下。

刘复之的这个提议得到中央政法各部门的响应，各部门都准备会后立即召开专业会议。

刘复之后来回忆说：

> 原定时间是三天。后来，我和最高人民法院院长郑天翔商量了一下，觉得没有必要再开三天了。
>
> 中央的大政方针已定，大家的认识也是一致的，而且各地的同志都急着回去安排布置，坐不住了。因此，这一次的全国检察长座谈会只开了半天，其他部门的会议时间也很短。

1983 年 8 月 25 日，中共中央政治局作出《关于严厉打击刑事犯罪活动的决定》。指出：

> 严厉打击刑事犯罪活动，是政治领域中一场严重的敌我斗争。它对于搞好社会治安，推动社会风气的根本好转，巩固和发展安定团结的政治局面，保障社会主义建设的顺利进行，对于提高全党、全军和全国各族人民的敌情观念和政治警惕性，加强党纪、政纪、军纪，加强社会主义法制，坚持人民民主专政，都有极

其重大的意义。

不经过这场重大的斗争，社会治安不可能搞好，社会风气的根本好转不可能实现，社会主义建设也不可能顺利进行。

同时，也只有这样，才能使我们在实行对外开放、对内搞活经济政策，把经济逐步繁荣起来以后，避免出现资本主义国家那种犯罪活动泛滥、社会很不安宁、道德风尚败坏的不治之症，使我们的党保持良好的精神风貌和思想作风，使我们的国家保持良好的社会风气。

因此，一定要把这场斗争作为全党、全军和全国各族人民的一件大事来认真抓好。

《关于严厉打击刑事犯罪活动的决定》还指出：

目前许多地方社会治安的情况还很不好，特别是不断发生一些骇人听闻的重大恶性案件；犯罪分子的气焰在许多地方还很嚣张，有的已经发展到无所顾忌、无所畏惧的地步；一部分群众包括一些干部、民警在内，都怕犯罪分子行凶报复。因而出现了“坏人神气，好人受气，积极分子憋气，基层干部泄气”的不正常状况。

如果我们对这种状况不迅速加以制止，任其蔓延发展，必将严重危害人民生命财产的安全，破坏社会的安定，妨害社会主义物质文明和精神文明的建设，引起广大人民群众的不安和不满。

《关于严厉打击刑事犯罪活动的决定》还指出：

近几年的实践充分证明，只有下决心组织几个战役，按照依法“从重、从快，一网打尽”的精神，对犯罪分子毫不留情地予以坚决打击，才能震慑犯罪分子，教育挽救一大批失足青少年，更好地贯彻执行对社会治安进行综合治理的方针，扭转目前的不正常状况。

《关于严厉打击刑事犯罪活动的决定》最后指出：

全党、全军和全国各族人民一定要充分认识当前刑事犯罪活动的严重性，一定要充分认识严厉打击犯罪分子的必要性和紧迫性，自觉地投入到这场斗争中去。

中共中央政治局作出《关于严厉打击刑事犯罪活动的决定》，有其深刻的历史背景。

当时担任公安部部长的刘复之后来回忆说：

在一段时间内，我们没有进行一次全面的清理，相当大的一部分犯罪分子没有受到应有的法律制裁。党的十一届三中全会以后，各条战线拨乱反正、正本清源。在大好形势下，社会治安不好，成为公安司法工作面临的突出问题。

1980年至1982年，在党中央的领导下，依照《刑法》《刑事诉讼法》，连续开展了打击刑事犯罪活动的斗争。但由于对刑事犯罪的危害性认识不完全一致，实行依法从重、从快惩处的方针思想不够统一，对刑事犯罪分子心慈手软，打打停停，摇摇摆摆，零打碎敲，软弱无力，从而出现了“坏人不怕法，好人怕坏人”的不正常状况，导致刑事犯罪活动越来越猖狂……

公安部党组研究了治安形势，7月16日向党中央、国务院报送了《关于发挥专政职能改善公安装备的报告》，提出了我们认为亟待解决的一些紧迫问题。

人大制定“严打”法规

1983年9月2日，六届全国人大常委会第二次会议在北京隆重召开。

这次大会由全国人大常委会委员长彭真主持。

出席这次大会的有全国各地的2000多名代表。

这次会议通过了《关于严惩严重危害社会治安的犯罪分子的决定》。

《关于严惩严重危害社会治安的犯罪分子的决定》作出如下规定：

为了维护社会治安，保护人民生命、财产的安全，保障社会主义建设的顺利进行，对严重危害社会治安的犯罪分子必须予以严惩。为此决定：

一、对下列严重危害社会治安的犯罪分子，可以……直至判处死刑：

1. 流氓犯罪集团的首要分子或者携带凶器进行流氓犯罪活动，情节严重的，或者进行流氓犯罪活动危害特别严重的；

2. 故意伤害他人身体，致人重伤或者死亡，情节恶劣的，或者对检举、揭发、拘捕犯罪分子和制止犯罪行为的国家工作人员和公民行凶伤害的；

3. 拐卖人口集团的首要分子，或者拐卖人口情节特别严重的；

4. 非法制造、买卖、运输或者盗窃、抢夺枪支、弹药、爆炸物，情节特别严重的，或者造成严重后果的；

5. 组织反动会道门，利用封建迷信，进行反革命活动，严重危害社会治安的；

6. 引诱、容留、强迫妇女卖淫，情节特别严重的。

二、传授犯罪方法，情节较轻的，处五年以下有期徒刑；情节严重的，处五年以上有期徒刑；情节特别严重的，处无期徒刑或者死刑。

三、本决定公布后审判上述犯罪案件，适用本决定。

李天裕后来回忆说：

1983 年 9 月 2 日，全国人大常委会通过了《关于严惩严重危害社会治安的犯罪分子的决定》，对 1979 年刑法做了重要的补充和修改。

这是第一次“严打”中的一个非常重要的法律。

> 《关于严惩严重危害社会治安的犯罪分子的决定》与以前的法律有不同，提高了流氓罪、故意伤害罪、拐卖人口罪等7种犯罪的最高法定刑，对于上述犯罪具有特定情节的，可以在刑法规定的最高刑以上处罚。
>
> 在决定公布之后审判上述犯罪案件，适用“决定”的规定。

与此同时，这次会议还通过了《关于迅速审判严重危害社会治安的犯罪分子的程序的决定》。

《关于迅速审判严重危害社会治安的犯罪分子的程序的决定》作出规定：

> 对杀人、强奸、抢劫、爆炸和其他严重危害公共安全应当判处死刑的犯罪分子，主要犯罪事实清楚，证据确凿，民愤极大的，应当迅速及时审判，可以不受刑事诉讼法第一百一十条规定的关于起诉书副本送达被告人期限以及各项传票、通知书送达期限的限制。

《关于严惩严重危害社会治安的犯罪分子的决定》和《关于迅速审判严重危害社会治安的犯罪分子的程序的决定》，立即以中华人民共和国主席令第三号、中华人民共和国主席令第四号签发全国。

这两项中华人民共和国的主席令都宣布从颁发之日起施行。

这一系列决定的核心内容是，对治安犯罪的打击必须要：

从重，从严，从快。

全国掀起“严打”高潮

中央作出“严打”的决定以后，全国各地媒体纷纷以首要位置报道全国各地的“严打”战果，“严打”的声势震撼人心。

《人民日报》迅速以头版头条发表社论文章《必须严厉打击刑事犯罪活动》。

与此同时，《红旗》杂志也发表《发挥专政职能，严厉打击刑事犯罪活动》《政治领域中的严重敌对斗争》的评论员文章。

1983年10月20日，正值菊花盛开的金秋时节，党的十二届三中全会在北京隆重召开，邓小平在大会上发表讲话。

邓小平在谈到“严打”时说：

> 最近，在全国范围内对严重刑事犯罪分子依法实行从重、从快的集中打击，受到广大群众的热烈拥护，非常得人心。群众只担心将来处理太宽，放虎归山，罪犯又来报仇。群众还认为早就应该从严打击，批评我们搞晚了。
>
> 这些反映和批评值得高度重视。前两年我们曾指出各级领导上存在着软弱涣散的状况，对严重刑事犯罪分子下不了手也是一种表现。

由此应当得出教训，必须坚决克服领导上的软弱涣散状态。

邓小平拍板之后，“严打”势如破竹。

一个当年参加过“严打”工作的武警战士后来回忆说：

经历了1983年的“严打”行动以后，我至今还对那次行动有很深的印象。

这么多年过去了，当年经历的“严打”工作的一幕一幕还不时浮上心头。

1983年的“严打”行动开始时，我还在中国人民武装警察部队工作。我是当时的公安部队的一员。

每天，我都会站在关押罪犯的看守所的大门口，看着那些被关押的人员进进出出。有些罪行严重的犯人从这个门出去以后，就走进了地狱；有些罪不至死的犯人从这个门出去以后，走向了新生……

中央发出严惩刑事犯罪分子的号召以后，全国各地积极响应。

许多地方专门召开政法工作会议，传达学习中央的精神，对“严打”整治斗争进行全面动员和部署。随后，政法部门又及时召开“严打”整治斗争动员大会。

接着，许多地方都成立了由本地区领导亲自任组长的“严打”整治斗争领导小组，设立了办公室，精心拟订“严打”整治斗争工作方案。

与此同时，各级政府还十分注重抓好宣传工作。全国各地通过报刊、简报、广播电视、标语、散发材料等形式大力宣传“严打”整治斗争；召开新闻发布会向社会通报“严打”整治斗争情况，营造出浓厚的“严打”氛围，并做好上情下达、下情上报，及时反映工作进展情况和取得的成果。

公安部门即将进行“严打”第一战役的消息，立即在社会上引起了极大的震动。大家都说公安机关这回动真格的了，一时间，群情振奋。很快，公安部门开始进行“严打”的行动。

1983 年冬天，彭真来上海视察工作时，找公、检、法一把手座谈。

会后，彭真找到上海市公安局局长王鉴说：“现在打击刑事犯罪活动已经开展了，我想加个‘准’字。你看怎么样?”

当时，各地大规模打击刑事犯罪的行动已经轰轰烈烈地开展了，彭真担心大家头脑发热，出现违反政策抓错人的现象。

王鉴当即答复说：“很有必要，现在这个时期，需要加个‘准’字。”准就是准确，在强调打击力度的同时，也重视打击的准确性。

二、"严打"展开

● 几位局长和主管追捕"二王"的值班人员，把大地图铺在地上，用彩笔把"二王"的行踪描绘在上面……

● 王云和李信岩、熊继国一起将可疑人按倒、拧住，用绳子捆绑。可疑人拼命地挣扎，号叫。

● 当刘建平走到离这个人很近的地方时，他看见这个人的白衬衣脏得发黄，瘦长的脸上黑乎乎的，好像涂了一层油彩。

剿灭唐山的“菜刀队”

1983 年全国范围的第一次“严打”是从剿灭唐山“菜刀队”开始的。

所谓“菜刀队”，是指当时一些无赖青年组成的团伙，分布在古冶区境内，专门从事一些打架斗殴、滋民扰事、猥亵妇女、偷鸡摸狗等行为，严重影响了当地治安。其中大部分人用菜刀做武器，所以称之为“菜刀队”。

1983 年秋天，一份治安情况报告摊在唐山市公安局局长的办公桌上：

今年 2 月份以来，各类案件的发案率逐月上升，到 6、7 月份，上升幅度更大……

1983 年的 6、7 月间，唐山市人民惶惶不安。100 多万人口的唐山市居然出现了 6 股穷凶极恶的“菜刀队”。

他们平日里聚众斗殴，抢劫财物，划分地盘，经常成群结队一手拿酒瓶，一手拿菜刀，走在大街上，见人就抢，见姑娘就调戏。

这帮 80 年代的“蒋门神”“镇关西”，成了唐山人民的心腹之患。唐山大地，记载着他们一桩桩令人发指的罪行：

在一辆行驶着的公共汽车上，两个流里流气的家伙无端向两名解放军战士撒起野来。战士刘福云据理斥责，那两个家伙就凶残地对刘福云拳打脚踢，直至把刘福云打昏过去……

1983 年年初，唐山市的市民孟斌经人介绍处了一个对象。

在孟斌生活的路北区，也有一个“菜刀队”，首领叫霍利新。这家伙看上了孟斌的小饭店，经常到孟斌那里找茬闹事。孟斌一般能忍则忍，不愿意跟这帮人打交道。

一天，孟斌和对象乘坐公共汽车，碰巧霍利新这家伙带着几个人也上了这辆车。霍利新瞧见孟斌，指使手下同伙调戏孟斌的对象。孟斌仗着从小学过几下通背拳，跟这些亡命之徒打了起来。这些人哪个手里没有几条人命，下手极狠。孟斌的对象活生生被砍死了，孟斌被砍了 10 多刀，当时昏迷不醒。霍利新以为他也被砍死了，就纠集手下同伙扬长而去。

林西派出所的干警们迅速向唐山市公安局汇报“菜刀队”的情况。

4 月 3 日夜晚，唐山市公安局派出庞大的工作组进驻了东矿区，配合分局的干警采取了突然行动。

经过奋力拼搏，唐山市公安局抓获一大批“菜刀队”的队员。

就这样，逞凶一时的唐山“菜刀队”被一网打尽。

涉案的“菜刀队”成员都受到法律的严惩。一些罪大恶极的首犯佐继逸、兰建亭、吕震远、刘洪明、褐学东、范钦民等人被判处死刑。

公安部门迅速对这些罪大恶极的犯罪分子进行了公开审判。

此后，唐山地区的治安状况有了较大的改善。

当地的群众对公安部门严厉打击刑事犯罪分子的活动都交口称赞。

组织追捕王氏兄弟

1983 年 2 月 12 日，正值农历大年三十，两名青年男子持枪来到沈阳四六三医院的一个小卖部作案。

这两个男子盗窃 3000 元人民币之后，正要离开现场，被早已惊觉的工作人员周仕民、吴永春拦住去路。

“砰砰”几声震耳的枪声，两名男子开枪打死 4 人，打伤 3 人。

后来，有关部门经过调查，得知作案的两名青年男子是沈阳市刑满释放人员王宗坊、王宗玮。

这次开枪杀人是王宗坊和王宗玮杀人系列案件的第一桩血案。

在发案前的一些日子里，王宗坊和王宗玮的犯罪活动最为频繁。他们研究了偷盗对象、偷盗手段，备好了化装衣着、行窃工具和在暴露的情况下掩护逃脱的枪支。他们偷盗的对象是各部队医院的小卖部，这是因为王宗坊在医院工作多年，王宗玮熟悉部队生活，行窃起来，是轻车熟路。

在大年三十中午作案的前几天，王宗坊和王宗玮已经作案 4 次。

农历二十九那天中午，王宗坊和王宗玮窜到陆军某医院小卖部行窃。

王宗玚撬门入室，正欲拿钱，被赶来的女营业员一把抓住，正要扭送他的时候，走进来一个大个子“军人”，他严肃地询问发生了什么事情。当营业员告诉他捉到小偷时，这“军人”抓住王宗玚，向营业员说：“交给我处理！”

营业员信任地把小偷交给这位“军人”。

“军人”把小偷带走后，营业员发现他俩竟然骑着一辆自行车逃跑了。

这个冒充军人的大个子，就是王宗玮。那个被抓住的小偷就是他的哥哥王宗玚。

王宗玚和王宗玮制订了一套化装作案、掩护逃脱的战术，很容易欺骗一些善良人。

大年三十的案件发生后，王宗玚和王宗玮跳上火车逃走，开始了他们漫长的逃亡生涯。

此后，王宗玚和王宗玮被合称为“二王”。

辽宁省将“二王”的有关材料上报公安部。当天，公安部就发出13号通缉令，向全国缉拿杀人潜逃犯“二王”。

2月25日，在北京开往广州的47次列车上，在湖南境内，乘警查验王宗玮的持枪证时，王宗玚向乘警开了一枪，“二王”趁乱逃到衡阳境内的西里坪。

从“二王”逃走的那天起，沈阳市公安局便不断地与湖南省公安厅、衡阳市公安局密切联系。几位局长和主管追捕“二王”的值班人员，把大地图铺在地上，用彩笔把“二王”的行踪描绘在上面：“二王”离开衡阳茶山坳以后，去向不明，地图上的行踪线断了。下一步怎样进行围捕？

公安部的指挥所，要求拿出作战方案。

在这个简朴的值班室里的同志们，凭着几十年与刑事犯罪分子作斗争的经验和对物证、情报的分析，判断“二王”原计划是乘47次列车到广州，然后妄图越海出逃。车上的遭遇，打乱了他们的行动计划。衡阳遇险，致使他们无目的地逃窜。他们知道处处布下天罗地网，不敢继续南去，北返也不安全。近 段时间内，他们可能流窜在衡阳、长沙、武汉一带。公安部立即派出追捕“二王”工作组，到湖南、湖北参加追捕。

2月27日，“二王”被衡阳市民蒋光煦等堵在一条死胡同内，王宗玮向蒋光煦开了一枪，快速逃脱。

“二王”在抢另一位市民李瑞玲的自行车时，打伤其女儿，打死扑向二犯的其丈夫张业良。李瑞玲死死抓住二犯的提包不放，二犯开枪打伤李瑞玲，但未能从李瑞玲手中拿走挎包。包里有5枚手榴弹、36发手枪子弹。

接下来，工人刘重阳骑车追击罪犯达两公里远，终被击伤。当公安部门在衡阳完全布控后，二犯已扒车逃出衡阳。

二犯杀人用的枪，是早在1976年时从沈阳市北监狱盗得，王宗玮又在某部队偷得子弹百余发。二人协同作案，此前已有多起。

二犯的逃窜一时引起全国性的震动，气焰如此嚣张的案子，在共和国历史上十分少见。

人们都感到十分惊恐，担心不知什么时候“二王”就会窜到自己身边。

事态不出北京指挥部所料，“二王”在衡阳茶山坳消失，三天之后，突然在武汉市区里出现！

公安部刑侦局接到这样的消息：

3月3日晚上19时多，武汉市第四医院一位实习女医生，到她工作的理疗室去取咸菜。她用钥匙开开门，房里漆黑。她刚要去拉灯，突然一只男人的大手堵住她的嘴。另一个男人打开灯，两个人一齐向她嘴里堵毛巾，其中一个问她：“是谁让你来的？”

女医生拼力挣扎，把小个子手上包扎的纱布扯掉，咬破他的手。于是两个人把女医生拖进里间的激光室，按倒在地下，其中一个掏出手枪，用枪柄狠狠地向女医生砸去。一阵疼痛，一阵昏沉，她失去了反抗能力。这两个家伙匆匆忙忙地跑掉了。

几分钟之后，医生挣扎着爬起来，到楼下向值班人员报告，值班人员向市公安局报案……

公安局立即派出侦查人员来到第四医院，勘察现场。发现二人进入理疗室后，把门从里锁上，从柜子里拿出两条毛毯，放在一号、二号两张床上，并铺上枕头。在室内 8 张床中，这两张床紧靠窗户，是有意选择易于逃脱的地点。

公安人员清理现场时，在地上发现几层染血的纱布和血迹，拾到一块击碎的手枪护手胶木。

公安部追捕“二王”工作组得到消息，十分重视这一情况。对已获得的指纹和血迹进行分析化验，确认指纹、血迹正是王宗坊的，“二王”就隐藏在武汉市。

然而，在武汉这个拥有几百万人口的繁华的大都市里，如何能找到两个隐蔽着的坏人呢？

武汉岱山检查站，坐落在黄孝河岸上的岱山桥头。检查站站长王云带领民警和民兵，每天工作在工作室里和开阔的公路边上。他们日日夜夜瞪大警惕的眼睛，擒捉一个个盗窃分子，截获一批批被盗的物资。

检查站站长王云虽然年过半百，但在工作中和年轻人一样昼夜值班。他不仅把自己的年华全部献给人民公安事业，还让自己的小儿子穿上警服，戴上国徽，成为保护人民安全的公安战士。

这天，在检查站值勤的是青年民警李信岩。他年仅 25 岁，从部队复员后，在市人民警察学校学习，结业后，于 1982 年春天来到检查站。

这个魁梧、英俊的公安战士，能武又能文，他时常在日记里抒发自己的报国热情。

3月25日10时15分，李信岩和武汉汽阀配件厂的民兵熊继国，在检查站外的公路上值班。他俩看见骑着一辆旧自行车的男人心神不定地从市区方向向检查站驶来。

李信岩将红旗一挥，拦住自行车。他上前打量一下自行车，发现车上没有牌照，便问："牌子呢？"

骑车的男人回答："忘带了。"

李信岩顿时警惕起来，他十分严肃地问："登记了吗？"

骑自行车的男人说："登记了。"

李信岩又接着追问："在哪儿登记的？"

骑车的男人回答："……在派出所……"

骑自行车的男人的这句话露了马脚，武汉市是交通中队登记自行车，这吞吞吐吐的回答显然是胡扯！

李信岩和熊继国把可疑人带到检查站小屋，在屋里的王云和他们一起对这个可疑的男人进行审查。

李信岩突然摸到一支手枪。他心中一惊，立即向王云报告："站长，有枪！"

王云立即掏出自己的手枪对准可疑人，命令道："别动！"

紧接着，王云动作熟练地将可疑人衣兜里的枪拿到自己手里。

之后，王云和李信岩、熊继国一起将可疑人按倒、拧住，用绳子捆绑。可疑人拼命地挣扎，嚎叫。

这个人就是正在逃亡的犯罪嫌疑人王宗玡。

听到王宗玡的叫声，屋外的一个工人师傅也走进小屋。

这时候，悄悄躲在检查站对面厕所里的王宗玮，将子弹上了膛，几步跨到检查站门口，闯进屋里，向屋里正在捆绑王宗玡的 4 个人连连开枪射击。

王云、李信岩和那个工人师傅不幸牺牲，熊继国负伤昏迷过去。

“二王”杀人后，他们拿走王云的枪，逃离检查站，掉头往市区跑。

一辆东风牌汽车的司机首先发现了这一情况，立即向距离岱山检查站一公里的岱山派出所报告。

正在派出所值班的胡指导员闻讯后，立即带领 3 名民兵去堵截。他们和“二王”迎面奔跑在一条公路上，相遇时，距离不到 20 米。

“二王”看见一群干警堵上来了，吓得马上拐向右侧的小路，惊慌逃窜。

胡指导员等人熟悉地理情况，他们知道“二王”所走的小路只是一条通向武汉轴承厂和长航科研所的窄路，就快速到这条路上堵截。果然，他们与“二王”又相遇了！

“砰砰”，一场枪战开始了。

双方相持不下，最后，狡猾的“二王”又侥幸逃脱了。

就在胡指导员去打电话向市公安局报告战况时，青年民警赵斌拿起胡指导员的手枪，勇敢地追上去了。

赵斌追到长航科研所，找到民兵马炳强，两个人在科研所大院里搜寻“二王”。

赵斌始终走在前面，他对马炳强说：“你走在后面，安全些，我一旦受伤，就把枪甩给你，把他们撂倒!”

只可惜，赵斌来晚了。原来“二王”将随身带的东西扔进厕所后，如惊弓之鸟，仓皇逃窜了。

赵斌和马炳强在围墙下的通水洞捡到“二王”丢弃的弹夹。

“二王”逃走以后，正好遇上轴承厂青年工人詹小建。

此时，职工詹小建骑着自行车，带着孩子上街买菜。

王宗玮跑上前去，对詹小建说：“把车给我!”话音未落，他便疯狂地向詹小建开枪，詹小建惨死在血泊中。

“二王”骑着这辆自行车，又跑到长航科研所大院，但院墙很高，有两三米。

“二王”焦急万分，像两只跳不过墙的急狗。后来，他们趴在地上，用手将墙下的流水洞掏开，从低矮的洞子里钻挤出去。围墙外面是一条脏水河，往哪里去？他们转了向，像无头苍蝇乱撞起来。

10 时 50 分，市公安局刑警大队接到作战通知，各分局派出所干警全体出动，围歼“二王”。可惜，包围圈设计得不严密，“二王”混在人群里溜走了……

“二王”逃离武汉以后，再不敢轻举妄动，竟然消失了踪迹。在很长一段时间里，这两个凶犯在公安机关通缉追捕的“荧光屏”上失去了踪影。

压在公安部追捕“二王”指挥组肩上的担子特别沉重。指战员们整夜研究形势，分析各种情报，判断可疑动向，调度各省的追捕力量……

公安部要求指挥组一定要尽快将“二王”捕获归案，向党、向人民作出交代。

公安部发动群众，在河南、上海、江苏、江西、山东、安徽严密布控。可又出现了新问题，有罪犯冒充“二王”作案。

就在这时候，刘文被公安部指派做“二王”案总指挥。

3 月底，刘文来到武汉的岱山派出所。刘文后来回忆说：“当时，‘二王’刚刚打死 3 名警察，并抢劫枪支逃跑。我到的时候，正有群众围住了派出所，他们说，公安局干脆换牌子，改叫粮食局算了！当时，我心里特别不是滋味。”

此时，公安部门承受的压力越来越大。

公安部门千里追凶

指挥部毫不松懈，调整力量，把追捕工作引向纵深。

“活要抓到，死要见尸。”公安部确定，以湖北、湖南、江西、安徽、河南5个省为重点，追查“二王”逃窜去向。

4月下旬，公安部再次部署追捕“二王”的行动，强调把追捕“二王”与加强基础工作结合起来，与侦破现行案件结合起来；做好干警和群众的教育工作；落实责任制……

公安干警日日夜夜在紧张地战斗着。

电话一个接一个，信函一封接一封，公安部每天都会收到来自全国四面八方的检举线索几十个。对这些扑朔迷离、若是若非的线索，要一条一条地核对、分析，该排除的排除，该备案的备案，该追查的追查，直至水落石出。

公安部门的领导经过仔细考虑，决定在全国张发追捕“二王”的通缉令。

5月，悬赏2000元的通缉令一夜间贴满了大街小巷。

刘文至今还保存着这张发黄的通缉令。通缉令上除了“二王”的相貌特征，背面还印着“只许张贴，不准广播登报”。

刘文后来回忆说："我当时对领导说，重赏之下必有勇夫。"

此后，为了指挥追捕"二王"的工作，刘文背着一台几公斤重的电话，跑遍了广东、安徽、江苏、湖北、河南、陕西和河北等省。

刘文后来说："那个电话是最高级的了，瑞典的。还带着个电台。"

因为还没有专车，刘文去发现线索的很多边远地区都要坐公共汽车。

刘文后来回忆说："当时，当地的公安局给我们开了个证明，说有两个警察同志要坐车，麻烦保留两个座位……"

刘文后来说：

> 80 年代公安的装备也很落后，没有 110 报警电话、巡警、特警和检查点。连传真机也是为了"二王"买的，好赶紧把照片传往全国。

刘文后来回忆说：

> 当时，全国各地都出现线索，每天都有电话来说，"二王"又来了，搞得上上下下都紧张，但经查证，都是假的。特别是出现了很多"假二王"，冒充"二王"到处作案。

有一次，我在大连围堵了半天，抓到了一高一矮两个人，他们还承认自己是“二王”呢！

许多被误认为是“二王”的线索，一个个被迅速查明、清除；那些冒充“二王”作恶的歹徒，当即被抓捕归案。

这一切，正是由于北京这个中枢机构，在坚定有力地指挥着这场战斗。

公安部将有关“二王”的情报和活动特点向全国进行了通报，并将“二王”的指纹、笔迹、照片印发给各地。

8月中旬，江苏省公安机关终于发现“二王”活动在江苏省内靠近连云港的淮阴市。

刘文后来回忆说：

当时，除了群众路线，最有效的方针是：我们必须迅速主动出击，设大、中、小三个包围圈。

8月29日16时，淮阴市百货商店的两名女财会人员，其中一名是孕妇，去银行交当日营业款。孕妇手里拎的提包里，装着2.1万多元现金。

在党的十一届三中全会以后，这个小城市社会秩序一向安定，关于“二王”的传说虽有所闻，可是并没有引起当地人的警觉。

两名妇女拎着巨款，悠闲地走在马路上。突然，孕妇手上的提包"嗖"地被人拽走，她还没明白是怎么一回事儿，另一个女同志看清楚是一个小个子男子把提包夺走，便惊叫道："钱被抢了！"

此时，距离抢钱者50米远，一个高个子骑辆自行车停在那里。小个子跑到他跟前后，大个子立即将车骑走，小个子纵身一跳，坐到货架上，便拐向小路逃跑。

案发后，市公安局立即组织追捕，但是强盗已不知去向。公安人员在搜索中，搜到二犯甩掉的一辆自行车。

经检查验证，公安人员认定在淮阴市强抢巨款的罪犯就是"二王"！

"二王"暴露了！

江苏、山东、安徽、河南、上海等省、市，都开始严密注视"二王"的动向，动员力量围歼"二王"。

狡猾的"二王"为躲避撒开的法网，带着蚊帐等露宿山村野坳的用具，骑车逃离淮阴。他们只用14天的时间，就从江苏横跨安徽，又跑到江西省，妄图从这里再通过广东、福建两省，南逃过海。

9月中旬，正是金秋时节。沿着南昌南下的公路，向两旁望去，只见橘子黄了，晚稻熟了，莲子香了，美丽的江西山乡呈现出令人沉醉的丰收景象。

距离南昌200多公里的广昌县，是革命老根据地。纯朴的广昌人民没有想到在这块肥沃、幸福的土地上，会突然发生扰乱他们正常生活节奏的事情。

9 月 13 日 8 时，两个幽灵似的男人，一前一后骑着两辆旧自行车，进入广昌城区。

8 时刚过，县民政局的工作人员刘建平走出机关大门。他手里提个兜子，去联系制作欢迎复员军人回乡的红布横幅。

刘建平 28 岁，人很机敏。他向对面的向阳土产商店一望，只见在商店门口的马路边，有一个头顶旧草帽，戴着一副大墨镜的人。这个人的两条长腿跨在自行车上，左脚尖点地，右脚踏着脚蹬，摆出随时准备蹬车骑走的架势。他的身材很高，却故意蜷曲着身子，像个大虾米似的伏在车把上，并且有意用草帽压着眉毛，似乎刻意在掩饰自己的真实面貌。

刘建平曾经多年被评为优秀共青团员，他还担任过城关镇团支部书记，他的思想觉悟很高。

此刻，刘建平立即对这个陌生人产生了怀疑，他想：今天本来是阴沉欲雨的天气，这个人为什么戴着一副墨镜呢？他的头上没有阳光，却戴着一顶遮蔽面孔的旧草帽，这又是为什么呢？

刘建平一边冷静地观察着骑车人，一边想：全国正在严厉打击刑事犯罪，这个人是不是一个正在逃避打击的罪犯呢？

为了探个究竟，刘建平故意走过去。当他走到离这个人很近的地方时，他看见这个人的白衬衣脏得发黄，瘦长的脸上黑乎乎的，好像涂了一层油彩。再看自行车，上边沾满泥浆，货架上驮着一个大塑料包。

这个人显然是一路奔波，过着一种不正常的生活。

当刘建平避开这个人，打算作进一步打量的时候，从商店里走出一个与骑车人同样打扮的人。与高个子男人不同的是，他的个子矮些，衬衣是蓝色的。

刘建平看出他俩分明是同伙，但他们却故意装作彼此是陌生人。

小个子走到离大个子约 20 米的地方，推起一辆自行车，骑上去，越过路边的大个子，独自向南奔去。随后，大个子将车蹬动，距小个子大约 30 米，两辆车成斜线，等距前行。

刘建平感觉他们的行动如此诡秘，情景如同演戏。

当那小个子停在不远的邮电局门口的小摊床时，刘建平机警地注意到大个子此时正停在对面路边，仍然是那样跨着自行车，好像是放哨。

刘建平凑到摊床前，故意装作买刷子，他的耳朵却竭力搜听从小个子嘴巴里发出的一切声音。他听到小个子压低声音说："这个烟……"

刘建平从这个小个子说话的口音断定他是北方人。

刘建平又一次悄悄看了小个子一眼，只见小个子头上的草帽向前压得更低，看不清相貌，只露出一个尖下巴。

刘建平决定采取行动，他立即离开摊床，向城关公安派出所奔去。

走了一段路，刘建平回头看看，只见两个可疑人已经离开摊床，又在星火食品店停下。刘建平看出他们毫无觉察，就加快脚步走进派出所。

此时，派出所里只有所长邹志雄在家值班，他刚近而立之年，满身洋溢着年轻人特有的热情。

刘建平急忙报告："邹所长，有可疑人，相当可疑！"

邹志雄虽然年轻，处事却相当沉着、老练。他严肃地问道："什么根据？"

刘建平把情况一五一十地一说，邹志雄顿时来了精神，他连忙问小刘："人在哪里？走，看看去。"

刘建平领着邹志雄走出派出所，来到街上一看，两个可疑的人已经不见了。

刘建平顿时焦急起来，他跷起脚向南眺望，看到在通向广东和福建的公路上，那个穿白上衣的大个子的身影闪动了几下之后就消失了。

邹志雄决定主动出击，他和刘建平急忙返回派出所，把子弹上了膛，又交给刘建平一副手铐和一把匕首，然后来到县公安局。

此时，公安局刑警队干部刘细鹏正在值班。刘细鹏一听情况，顿时警惕起来，他拍案起身参战。

三人来到院子，看到县水电局的陈步山老师傅开的一辆面包车停在那里。邹志雄把情况向陈师傅一说，陈师傅毫不迟疑地说："快上车！"

汽车上了公路，四个车轮像飞一样向南驰去。车子以时速七八十公里的速度前行，几分钟工夫，在离县城两公里的晏公岭追上了两个可疑人。

陈师傅问："停不停?"

邹志雄说："超过去，到前边隐蔽起来。"

面包车"嗡"的一声加大油门，迅速从两个骑车人身边闪过。

邹志雄和刘细鹏、刘建平透过明亮的玻璃窗，把两个人看得一清二楚。

邹志雄和刘细鹏紧握手枪，刘建平也备好两根铁棍子，随时准备与司机一起投入搏斗。

汽车驶出一段路，来到小港养路段，附近有村庄。邹志雄指挥把车拐进右边的小路上，把车隐蔽在树荫里。邹志雄和刘细鹏卧藏在公路边的一棵大树后面，等着两个可疑的人。

两个骑车人刚进入视野，邹志雄就压低声音提醒着人们："来了!"

当骑车人与他们相距 20 米的时候，邹志雄首先从大树后闪出，站在公路上，迎着来者举起左手示意，命令道："停下，检查!"

这突如其来的情况，吓得小个子人倒车翻，后边的大个子急忙刹住车，脱口说声："完了！完了!"随即车也倒下。

邹志雄和刘细鹏正要上前检查，趴在地上的可疑人突然“砰”的一声开枪向邹志雄射击。

邹志雄一个箭步蹿向公路那边的大树后，同刘细鹏一左一右，一起向地上的两人开枪射击。

由于道路两旁都有茂密的大树阻挡，邹志雄和刘细鹏开枪的火力受到阻挡。

这时，邹志雄看到小个子跳到路边蒿草丛生的大沟里，有逃掉的危险，他急忙向隐蔽在车旁的刘建平和陈步山喊道：“打电话！”

刘建平跑到养路段工棚一看，里边没有电话。

他以前曾经当过汽车司机，在生死考验的时刻，他毫不犹豫地向陈师傅说：“只好开车闯过去报信了，我开车！”

陈师傅也勇敢地说：“我开车，冲过去，注意不要被打掉轮胎。”

陈师傅和刘建平跳上车，拐上公路飞速前进，子弹从车厢左右横飞。陈步山和刘建平鸣着战斗号角似的车笛声，从火线上冲过去回县城报信。

邹志雄和刘细鹏两支枪的火力堵截大个子横穿公路，逃不到东边。

可是，就在这时，从南面开来一辆面包车，车体遮住了小个子。

大个子乘机以汽车作掩护，同汽车一起往前奔跑。他跑出射程以外，穿过公路，与小个子会合，两人拼命往东逃。

大个子和小个子一起跑进一片稻田，泥水粘掉了鞋，他们光着脚渡过河水，钻入山林。

事后证明，大个子和小个子正是公安部门正在追捕的“二王”。

邹志雄等人与“二王”的这次交战，缴获两辆自行车，一个包，包里有 8000 元人民币、蚊帐、长袜、警服、军服、半导体收音机、袖珍地图和化妆油。

有关部门确认这两个人为“二王”的物证是包里有两支枪，其中一支，就是岱山检查站站长王云的枪。

重拳出击抓捕“二王”

公安部得知“二王”在广昌出现的消息以后，立即向江西省公安厅提出作战要求：

尽一切努力，将“二王”围歼在广昌，为民除害！

一场追捕“二王”的战斗打响了！

得到“二王”在广昌出现的消息以后，广昌县公安局局长胡顺保立即调车，带领武装警察疾风般赶赴现场，分三路进行追击。

在追击队伍里，有一个“编外”侦查员，他是县公安局18岁的通讯员李周田。李周田一听说坏人持枪行凶，便拿起枪，跳上车，跟着出击。

到了现场，李周田听完邹志雄介绍情况后，就像一支首先离弦的箭，沿着他熟悉的路线追去。李周田虽然是公安战线上的新兵，但他已经把公安战士为保卫人民利益与罪犯作英勇的斗争，视为至高无上的天职。

10多分钟之后，李周田已经跑到了战友们的前面。在山路上，迎面有个骑自行车的青年急匆匆地跑来，李周田命令他：“站住！”

这个青年跳下车报告说：“我的自行车被两个拿枪的人抢走了！我去报案。”

这个青年叫刘云贵，他说抢车的大个子穿着绿军裤、白衬衣、红背心；小个子穿着蓝警裤、蓝衬衣。两个人都光着脚，一人一支枪，手里拎个兜，骑着一辆车逃跑了。

李周田断定抢走自行车的人就是“二王”，他便骑上车，带着刘云贵在山路上急追。

追了一阵，迎面走过来一位老农，李周田问：“看到跑过去两个人没有?”

老农说：“看见了，骑着车，拿着枪，凶着呐，有个老俵在追!”

追“二王”的老俵是刘云贵的父亲。这个纯朴的农民，听说强盗抢走了儿子的自行车，顿时义愤填膺，他手拿一把铁鱼叉，一直追了五六公里。

李周田蹚过齐胸深的盱江，追上刘云贵的父亲，问道：“看到人了吗?”

老人向山上的一个小亭子一指说：“他们进了亭子!”

李周田听说逃犯近在眼前，又紧张，又兴奋。他急忙登上山，来到小亭前，他发现地上有一摊刚流淌下来的水，又听到亭子里边有动静。

李周田顿时警惕起来，他用手勾住扳机，一个箭步穿进亭子门里，喊一声：“不许动!”

亭里的一个人慌忙地站起，小李仔细一看，原来是个哑巴老头。老头用手比画，示意两个拿枪的人向山上跑了。

李周田请老头带了一阵路，发现了“二王”甩掉的自行车。他顺着“二王”的踪迹又翻了两座山，到了岔路口。

为了给后边同志指明前进的方向，李周田掏出红色工作证，再把身体检查表斜插里边，放在他走过的路上，作为路标。然后他又钻过一片没人的茅草和树林。

在200米之外的山坡上，李周田终于发现了拼命逃窜的“二王”。

后面的公安干警拾到李周田的工作证，按着他指示的路线奋力直追。很快他们和李周田会合了。

此时，“二王”已隐遁到盱江林场的深山密林里。这时是中午12时40分。

广昌县委书记赵焕起在紧急召开的公社书记会议上，果断地提出：

> 追捕“二王”是现在最大的政治任务，一切工作为它让路。

赵焕起和韩县长把办公地点改在县公安局的办公室里，他们站在广昌县的地图前，圈画“二王”逃跑的路线。他们根据公安部和省公安厅的指示，向盱江林场调兵遣将，在第一批追捕“二王”的公安干警形成第一个包围圈以后，仅过3个多小时，又组成了30公里方圆的第二个包围圈。

“二王”被包围在广昌！这个令人兴奋的消息像闪电一样迅速地传向四面八方。

南丰县的县委书记来了，宁都县的公安局长来了，邻省福建建宁县的县长和公安局长、武警负责人来了；石城县人大常委会主任刘云龙一进门就说：“我带来一个武装班，请分配任务！”

认定“二王”在广昌出现以后，省公安厅杨希林副厅长和王维诚处长率领干警，带着警犬，赶赴广昌指挥围捕。

南昌距离广昌200多公里，一辆辆警车闪动着雪白的灯柱，响着警报器，于晚上20时火速赶到广昌。

杨希林和王维诚在“二王”消失的地方连夜开展工作，并决定召开全县各公社书记紧急电话会议，调集民兵，组织第三道包围圈。

14日凌晨1时，一个171公里的包围圈已经形成。

与此同时，又有几辆警车奔驰在山区的公路上。

江西省委常委、政法委员会书记王昭荣，省军区副司令员沈忠祥，省公安厅厅长兼武警政治委员孙树森，遵照省委指示，率员到广昌，加强对围捕战斗的领导。他们在拂晓前赶到广昌后，见到了彻夜未眠的县委领导同志，当即召开广昌及其几个邻县的县委书记电话会议。

很快，一个更为广阔的县与县携手的第四道大包围圈，限定在上午10时以前形成。

一双双警惕的眼睛，一个个准备拼斗的战士，一支支在丛林中搜索的枪口……

此时，“二王”被包围在警、军、民筑成的铜墙中，插翅难逃！

但是，4天过去了，广大公安干警踏遍两道包围圈里的座座高山，搜尽每个沟沟坎坎，却始终不见“二王”的踪影。

一些人开始怀疑，“二王”是不是已经不在广昌？

指挥部经过分析、研究，断定“二王”就在广昌。因为几道包围圈赶在“二王”可能逃出之前完成了；“二王”经小港交火后，无车、无食、无鞋，再加上语言不通，道路不熟，又害怕暴露，落到有屋不敢进，有路不敢走，有钱无处花的穷途末路，他们眼下一定还藏在山里。

指挥部作出准确的判断，坚定了各路人马在广昌捕捉“二王”的信心，并制定了新的围捕措施，激发起人们更加旺盛的战斗热情。

9月17日的夜晚，广昌上空阴云密集，疾风过后，山雨倾盆而下。

苍茫群山，响动着一片震人心弦的雨声。

在这大雨之中，肩负搜捕任务的公安干警、武警、解放军、民兵坚守在岗位上，倾听一草一木的动静，注意搜寻每一点影踪。

地处高山峻岭的尖锋公社观前大队的曾家村，有一户人家，主人叫曾文泉，家里6口人，妻子是60年代的大队妇女主任。

9月18日，这天是公社所在地的集日，曾文泉为赶集市卖猪，夜里请村里何冯珍来家杀猪。民兵队长特别嘱咐何冯珍："杀猪也别忘了盯'二王'。"

何冯珍幽默地应道："忘不了，我手里有杀猪刀!"

过了半夜，雨变小了。

第二天凌晨1时30分，曾文泉的女儿曾水秀坐在门口房檐下，看见门前一个不高不矮的人，扛个竹筒子，从门前走过。

这人距离曾水秀只有两米远，挂在门口的灯泡把他的装束照得清清楚楚。他穿蓝衬衣、蓝裤子，被雨浇得湿漉漉的，可是竹筒却是干的，曾水秀有点怀疑，便问："这么早往哪儿去?"

那人一直把脸背着光，一声不应地走过去。

过了几分钟，又有一个大个子走了过来，他驼背，手拄一根棍，走路时显得十分艰难，他也是把脸背着灯光，慢慢地走过去。

曾水秀想起这几天公社关于动员抓"二王"的事情，顿时警惕起来。她走进屋，向爸爸妈妈和正在洗猪肠子的何冯珍说："我看见过去了两个可疑的人!"

曾水秀把她看到的情况仔细一说，顿时引起何冯珍的注意。这时，桌上已经为他摆好酒和肉，他却说："不吃了，赶快去报告，他们可能是‘二王’！”

何冯珍说完，就和曾家父女顶着雨，摸着黑，向大队奔去。

大队在3公里之外，高山峻岭间是羊肠小道，他们3人深一脚浅一脚，顾不得跌跟头，一心只想帮助政府抓到“二王”。

曾家父女和何冯珍不顾路远地滑，向前奔跑着。他们看见大队办公室里亮着灯光，远远地便喊道：“大队有人吗?”

从大队办公室走出来的是尖锋公社党委书记汪细元，他是遵照指挥部的指示，冒雨出来查岗。报信人气喘吁吁地向他报告发现两个可疑人的情景，他不等听完，就拉他们上车。为抢时间，他让曾家父女在奔驰的汽车上向他继续报告。

凌晨4时，指挥部接到汪细元报告发现“二王”踪迹的电话。指挥部立即指派孙树森、杨希林率领侦查、搜索小分队，带着警犬，兵分两路，赶赴现场追击。

与此同时，指挥部还在罪犯逃跑必经的几个出口派出武装力量阻截。

公安干警击毙“二王”

9月18日早上5时许，由县公安局刑侦队长高怀玉带领的小分队，在水南大队南坑生产队的一座山上，距离他们300米的山涧里发现了“二王”的身影。

这个小分队立即分成3个追捕小组跟踪追击。

这时的“二王”狼狈不堪，王宗玮拄个棍子，行走十分困难，王宗坊惊魂失魄，乱扒乱窜。他们为了逃命，竟从数十丈高的陡崖上滑到山涧里，跌个半死。他们爬起来，还是摇摇晃晃地奔逃。

紧紧追踪的派出所所长邹志雄，眼见“二王”逃进眼前的南坑山。恰好这时解放军赶来，他急忙对解放军说：“‘二王’就在这山上！”

指挥部迅速移往南坑山的山脚下，省公安厅副厅长杨希林就在“二王”消失的地点指挥战斗。

南坑山是一座长满茅草的山。为了抓“二王”，指挥部针对南坑山的地形，迅速拟出作战方案：

调用公安干警、武警、解放军、民兵，带着警犬，采取“三面包围，一面平推”的梳篦子战术，排成一字队形，寸土不漏地全面搜索南坑山。

天上下着雨，指战员们精神抖擞，不畏艰险，不怕牺牲，横扫南坑山。

在追捕“二王”的过程中，干警们为了保卫人民的生命和财产安全，舍生忘我地奋斗着，冒着生命的危险拼搏着……

江西省武装警察第二支队的通信参谋吴增兴，最初抽调赴广昌参加围捕“二王”战斗的人员中没有他，他却主动请求参战。他说：“战斗中通信联络很重要，为保证通信联络，让我去吧！”他被批准参战了。

为了准备通信器材，吴增兴没有同妻子打个招呼，就由南昌奔赴广昌。

吴增兴临走的那一天，已经快过中秋节了。他从广昌给妻子发出一封信，信中说：

> 为了围捕“二王”，我不能在 17 日回去过生日了。
>
> 中秋节也快到了，为了为民除害，我不能和家人团聚了，只好托你为父母买些礼品，代送一下。
>
> 我们的小宝贝倩倩，乖吧，我非常想念我们的孩子！

已经是 18 时 20 分了，夜幕渐渐降临，山上的树木开始变得朦朦胧胧。一队搜山的战士从无路的山坡往山脚下滑。

武警战士黄力生顺着茅草滑下去，他在滑动中突然脚下踹着什么，还没等他喊话，他身后的武警战士甘象清喊了一声："有人!"

"砰"的一声枪响，有人在草丛里向甘象清开了枪，甘象清中弹负伤倒下。

武警战士郑万寿意识到开枪的人就是"二王"中的一个，急忙向这个人开枪还击。

这时，吴增兴不顾生命危险，拿起报话机，向山下指挥部报告情况。凶残的王宗坊将枪口对准吴增兴，从深草丛里连射 5 枪，把吴增兴击中。

吴增兴怒视着王宗坊藏身的草丛，用尽剩余的力气扣动扳机，"砰砰砰砰"，愤怒地向王宗坊连发 4 弹后倒下。

鲜血染红了南坑山的茅草，年仅 30 岁的吴增兴，为人民献出了宝贵的生命。

当时在江西广昌地区宁都县公安局刑侦科工作的谢竹生，参加过抓捕"二王"的工作。跟随谢竹生一起作战的，还有他养大的警犬卫南。

所有被山民发现"有情况"的地点，谢竹生都要带卫南首先赶到。

5 万人的搜山进行到第四天。

这天不断接到情况，谢竹生带着卫南和王宗玮的一只鞋，来到每一个可疑地点，但是卫南一直没反应。

这天，指挥部接到山民报告说自家厨房的饭和腌菜被偷吃了，还找到一只鞋。

卫南一闻鞋，一下子“放线”了，两只眼睛发亮，尾巴绷直了。

队伍开始在卫南指引下搜寻，除了警犬，搜山行动成为人海战术。

队伍像梳子一样在南坑山上寻找着……

据参加过击毙“二王”行动的赣州地区公安局痕迹检验科的负责人、助理工程师孟庆远后来回忆：

> 在一个灌木丛生、草高林密的小山窝里，我们终于发现了“二王”的踪迹，所有的搜索人员全赶了过来，将小山窝围个水泄不通。
>
> 很快，山窝里响起了枪声，我与战友谢竹生带着一条警犬冲进山窝，刚走了20米，在一个大约5平方米的平地上，发现一个穿白衬衣的大个子俯卧在地上，似乎还在往前爬，右手拿着一把枪，后背有一片血渍。他的身旁有两个武警战士也倒在血泊中……

谢竹生后来回忆说：

> 卫南不断发现王宗玮28厘米长的脚印，我

们俩的速度比其他人都快。到一个岔路，卫南忽然奔跑起来……

此时，王宗玮就在卫南奔跑的那条道上，“二王”在向右移动……

到16时多，谢竹生的前方突然响了一枪。

刹那间，整个现场没有一丝动静。停顿了几秒钟，谢竹生大喊一声：“是‘二王’！”

谢竹生后来回忆说：

这时山上山下的枪全响了，我带着卫南就往里冲，我先松开了卫南的牵引带……

跑着跑着，我的左上方就出现了战士小甘，他中枪了，再往前是战士小郑，我问他“二王”呢？他说跑了，往山下跑了！

谢竹生向山下走几步就看见一个身着肮脏衣衫的高个子。他知道这个人就是“二王”中的一个，顿时兴奋起来。这个逃犯正要抓着一根毛竹往下跳。

谢竹生后来回忆说：

此时，我离他只有几米。

卫南平时的训练是动哪咬哪，它一下子就扑上去，咬住他抓毛竹的左手。

这个逃犯右手拿着枪，我猛地抱住了他。

就这样，两个人带一条狗，一起往山下滚去……

谢竹生后来回忆说：

这个逃犯的身高是1.85米，而我的身高只有1.73米，但他已经筋疲力尽了。

谢竹生扳过逃犯的左肩，将他死死地卡在地上。

此时，谢竹生才看到这个逃犯的左肩上流了很多血。子弹从左肩贯穿，从左下颚打出。

卫南还死死咬住逃犯的左手。

谢竹生对这个逃犯说："你老实点!"

这个逃犯看着谢竹生，竟然说："我是好人。"

谢竹生忍不住反问他："你还是好人哪?"

谢竹生在逃犯口袋里搜出20多发子弹、一把匕首。

谢竹生和卫南把这个逃犯拖下山，半路上又来了3个战士，大家就一起拖……

谢竹生等人把逃犯拉到路边时，一直坐镇的江西公安厅杨副厅长也来了，他高兴地问谢竹生："抓到哪一个?"

谢竹生说："个子很高，可能是王宗玮。"

大家掰开逃犯的嘴，都兴奋地说："两边都是假牙，是王宗玮!”

杨副厅长大声指示：“马上汇报！我们已经活捉了王宗玮！活的!”

谢竹生到现在都记得躺在地上的王宗玮的眼神。谢竹生说：“那种眼神应该就叫凶残吧！他谁都看，但一句话不说……”

就在离谢竹生抓住王宗玮的现场8米远的地方，虽然太阳已经快下山了，但是大家还能看见王宗玮的人影。

武警的枪齐齐扫射过去，10分钟后王宗玮被几个武警抬下山。

谢竹生后来回忆说：

王宗玮从脖子以下到大腿根部，整齐的9个弹孔，是一梭子子弹打死的。

王宗玮被抓获后，因伤势过重死亡。

二犯蓬头垢面，皮肤灰白，一个公文包绑在腿上，内有人民币1.3万元，腹内空空无物。后来尸检发现，“二王”胃里只有一点山上产的莲子的渣。

当时，参加追捕工作的官兵们都处于兴奋之中，“胜利了”的欢呼响彻山谷。

后来有人说：“追捕‘二王’无疑是全国‘严打’最惊心动魄之作!”

从山坳腾起一片欢呼声，好似由群山唱起的一曲激昂、雄壮的大合唱。

聚集在电话机旁的局长、处长、值班员，大家一起欢笑，互相祝贺。他们已经在这个不算宽敞的房间里连续指挥工作几十个小时了，有的眼睛熬红了，有的嗓子喊哑了。

公安部领导通过电话向中央领导同志报告击毙“二王”的喜讯。中央领导同志审慎地叮嘱：“要验明正身!”

被击毙者确是“二王”，证据确凿：

小个罪犯尸体的指纹，与公安部通报的王宗坊犯罪前科指纹，核对无误；

大个罪犯尸体的上牙牙齿，镶白合金套，符合王宗玮的牙齿特征；

二犯身高、体貌与“二王”照片和档案材料记载一致；

二犯所携笔记本上的字迹，经鉴定是王宗坊、王宗玮所书写。

得知这些情况，中央领导同志欣喜、亲切地祝贺，说：“祝贺公安部追捕‘二王’成功！祝贺你们的胜利!”

与此同时，“二王”的父亲王家林，因为包庇犯罪的儿子，被人民法庭判处7年徒刑。

击毙“二王”是第一战役开始阶段取得的最大胜利。

第一战取得辉煌战果

“严打”第一战役重点打击对象是流氓犯罪分子和流氓团伙，就是“浮在面上的刑事犯罪”，同时严厉打击杀人、抢劫和重大盗窃犯罪，抓紧侦破大要案和久侦未破的重大积案。

社会上对这一阶段的“严打”，反响是最为强烈的，因为打掉的基本上都是群众身边的违法犯罪人员。

一次，文昌市公安局接到群众举报称：

在昌洒北部的一个瓜菜市场，有一伙男子阻拦装瓜菜大货车进市场，强行收取保护费，还砸坏装瓜菜大货车的左后视镜。

接到举报以后，公安局的领导要求公安人员迅速出警。

半个小时后，干警们迅速赶到现场。他们不仅抓获7个犯罪嫌疑人，而且还在这些犯罪嫌疑人的住处缴获砍刀、长剑、钢管等凶器38件。

经审讯，这些人交代，他们为垄断昌洒镇奥林瓜菜市场来往货车收费，采取暴力威胁手段强收保护费。

违法犯罪人员一被抓，社会上打架斗殴、流氓滋扰案件迅速减少，甚至绝迹。最典型的是上夜班的女工不再提心吊胆由家人接送。

在案件处理当中，公检法都依法从重、从快处理。各地相继召开大规模的宣判会，在各地区严重威胁当地治安的违法人员被严惩、被注销城市户口，押送外地进行改造。一些罪大恶极的犯罪分子被枪毙。

经过近一年的“严打”，社会治安情况有了明显好转，“严打”受到了群众的普遍欢迎。

到 1984 年 6 月底第一战役基本结束时，摧毁各类犯罪团伙 10 余万个，缴获枪支数万支。

当时，大学毕业生宋伟刚被分配到司法部门工作，就参加了“严打”战役。

宋伟后来回忆说：

我报到以后的第六天，局里就通知全体人员参加全市召开的大会。会议传达了刚刚召开的全国政法工作会议的文件。

全国政法工作会议的主要内容，就是统一部署：从现在起，在三年内组织三个战役。

各地公安机关迅速开展严厉打击刑事犯罪活动的第一战役。

动员会后，公安部门按照统一部署和要求，根据大量积案，进行了摸底排查工作。

不久，公安部门作出决定：除了已经抓获

的暴力犯罪、可能外逃的人犯，对其他人犯，都集中在8月18日晚上集中搜捕。

晚上18时多，我们司法局的全体同志，按时来到了事先指定的集合地点。参战人员以公安干警为主，法院、检察院干警，司法局的干部、工厂的保卫科人员、民兵联防队员，都是辅助人员，跟随公安干警行动。

19时，全体参战人员集中点名。领导首先讲话，作战前动员，然后按照已经分好的小组布置具体任务。每个小组都由公安干警带队和负责。我被分配到市公安局刑警大队刘星带队的小组，他是一名身经百战的老公安了。

行动开始后，每到一处。刘星就派人对房前屋后、巷道窗口进行堵截。

有人派我去屋后蹲点，刘星说："他一个刚毕业的大学生，没有干过这些工作，不要安排他。"

于是，我就跟着刘星跑来跑去，从省体委宿舍、电力宿舍，到桃园街，抓一个、送一个。

我们组负责搜捕的几个对象，只要是在家的，都被抓到了，他们没有做任何反抗。刘星只说一句"听话，按规矩来"，他们就老实了，就被捆走或者跟着我们走了。

不在家的那一个，三个小时后，他的爸爸、

妈妈和舅舅按照我们的要求，也将他送来了。

于是，我们这个组，非常顺利地完成了任务。

宋伟接着回忆说：

半夜时分，被搜捕的对象，差不多也都归案了。他们被关押在市里的一家柴油机厂里面。

偌大的车间，关满了被搜捕人员。一个个蹲在地上，神情十分沮丧。

到了凌晨2时，押送犯罪嫌疑人的东风大汽车到了。那些被抓回来的人，一个个被押上车，送往审查站。

我和刘星负责押送这些犯罪嫌疑人。

汽车一出门，上了五一大道。和我同车的刘星感慨地说："这几年，经常是被搜捕对象比我们警察多，人都抓住了，我们人少就是带不回来。我们在人数上占绝对优势的情况，这还是第一回……"

宋伟回忆起当年的情景，依旧难以抑制自己的激动之情，他十分感慨地说："当时的搜捕工作能够如此顺利地进行，不能不说是个奇迹，这都要归功于当时的宣传工作做得好啊！"

刘复之后来也谈到了“严打”中的第一次战役，他说：

> 经过紧张的工作，从8月底至年底实施了第一战役的第一仗。各省、自治区、直辖市，各大中城市，或先或后地陆续统一行动，集中打击。这一次打击是很有力量的，犹如撒下了天罗地网，犯罪分子纷纷就擒。
>
> 在此期间，摧毁了犯罪团伙7万多个，逮捕流氓犯罪分子数以10万计，缴获各种枪支1.8万多支……

在“严打”整治斗争的第一个战役中，全国各地涌现出许多的先进集体和先进个人。各级政府对他们进行表彰奖励，希望受表彰的单位和个人再接再厉，再立新功。

同时，政府还号召各级各部门和广大政法干警向他们学习，学习他们忠于党、忠于人民、严格执法、秉公办事的政治品质；学习他们恪尽职守、扎实工作、务实苦干、开拓进取的工作作风；学习他们连续作战、不怕困难、不怕牺牲、敢于胜利的崇高精神。认清形势，明确任务，切实加强组织领导，抓好各项工作措施的落实，确保“严打”整治斗争第二战役目标的顺利实现，为全国的改革开放和经济发展，为人民的安居乐业创造良好的社会治安环境，夺取这场“严打”整治斗争的最后胜利。

在“严打”斗争中，全国各地涌现出无数具有无私奉献精神的优秀警察。

广东省某公安局干部张良，平时积极工作，不顾个人安危，在抓捕坏人时总是冲在前面。

他还注意对新同志传帮带，结合平时所办案件进行案例分析、案件评议、大案小结等，有效提高了全队攻坚克难的整体作战能力。

一次，张良在执行任务时，接到一个犯罪嫌疑人打来的电话。

这名疑犯告诉张良，如果张良同意放他一马，他愿意送给张良现金20万元人民币。

虽然张良很需要钱，但他从不靠手中的权力去换取不义之财。于是，张良严厉地拒绝了疑犯的要求。

疑犯见这一招不灵，又写匿名信威胁恐吓张良，还扬言要花10多万元雇请杀手买下张良的一只手。

张良及时将情况向组织作了汇报，得到组织的关心与支持，顺利地把这名犯罪嫌疑人抓获。

在“严打”期间，张良以队为家，以超人的毅力，每天坚持工作10多个小时，在他的脑海里，从来就没有节假日的概念。

一次，在农历除夕的前夜，张良接到消息，一个杀人团伙的成员林某在深圳出现，张良来不及向妻儿打个招呼，便踏上抓捕犯罪嫌疑人的征途。

大年三十的晚上，小女儿打来电话，她在电话里埋怨张良说："别人家的小朋友都能和爸爸妈妈吃团圆饭，可我的爸爸却总是骗人，今天晚上怎么又不回家？"

张良听到女儿稚嫩的童声，不禁心里一酸，他连忙对女儿许诺，明年春节一定在家陪伴她和妈妈。

张良作为一名从警多年的一线刑侦指挥员，在长期的工作中积累了丰富的业务知识和办案经验。他在工作中十分讲究策略和斗争艺术，因此以智勇兼备、多谋善断著称。

在"严打"期间，广州市发生一起杀人劫车案。

一辆出租车上发现了一具血淋淋的男尸。张良带领专案组循线跟踪，发现疑犯在案发前曾经在一宾馆拨打过河南新野县的一个电话，后来，此人又在深圳留下行迹。

张良果断地决定兵分两路，派一队民警循线到深圳追捕疑犯，自己带队远赴河南取证。

张良带领民警们坐了20多个小时的车赶到河南新野县，他顾不上劳累，马上开始寻找犯罪嫌疑人的踪迹。

当张良得知疑犯曾经打电话给当地秦保成的时候，他立即到当地派出所查找秦保成的资料。经过努力，张良才找到有关资料。

张良根据自己掌握的线索，迅速循线抓获了3名犯罪嫌疑人。

就这样，一宗连上级公安机关也认为极其难破的案件，张良只用几天时间便攻克了。

没过多久，在广东的一个养虾场附近发生一起现钞被劫案。

两名犯罪嫌疑人林平、杨广将事主陈锦梅、陈土城打致重伤后，抢走事主50万元现金。

张良承担起侦破此案的重大任务，他率领专案组对林平住处进行搜查。

他从大堆物品中发现林平与广西鹿寨中医院一护士通信甚密，关系暧昧，于是立即前往广西鹿寨追逃。

当张良等人赶到广西的时候，林平与杨广因怕刑警循线而来，已经事先逃离了。

张良没有灰心，他继续率领专案组对林平及杨广的关系人进行细致梳理，没有放过一丝线索。

在杨广的住处，张良发现一本旧日记本，里面记载杨广与西安一袁姓女子关系密切。

张良如获至宝，他立刻马不停蹄地带领专案组民警飞赴西安进行追踪。

在西安刑警的协助下，张良和他的同事很快将犯罪嫌疑人杨广、林平抓获，追回赃款30多万元人民币。

两个犯罪嫌疑人被抓到的时候，都是一脸的疑惑，他们忍不住说：“难道警察不用休息吗？怎么这么快？真没想到。”

此案从发生到破获仅用了3天时间。

在“严打”期间，张良始终把维护社会治安稳定，维护人民群众利益作为工作的出发点和落脚点，哪里有危难，他就会出现在哪里。

就这样，张良顶住来自方方面面的压力，一次次出色地完成了“严打”的任务，成为深受群众欢迎的优秀干警。

在“严打”期间，一个又一个大案要案，一双双绝望求助的眼睛，各种各样的诱惑，和战友的生离死别，公安干警们都经历得太多太多……

继续打击犯罪分子

“严打”的第一场战役，社会震动很大，取得了明显效果。但是，犯罪分子还没有完全落网，严厉打击犯罪分子的斗争仍然需要继续下去。

无数的来信来访、无数检举揭发的线索，迅速汇成报告、材料：黑恶势力在国内某些地方仍然活动猖獗。

中共中央政治局、中央政法委员会的领导意识到继续开展“严打”第二战役的工作已是势在必行。

刘复之后来回忆说：

1983年8月到9月，我到黑龙江、辽宁两省了解开展打击刑事犯罪斗争的情况。

从调查的结果来看，第一仗虽有准备，但不是很充分……

调查回京后，我就这些情况给中央政法委员会写了一个报告，提出这场斗争要有计划、有步骤、从容地一仗一仗地打，一网一网地撒。一仗和一仗之间，一网与一网之间要拉开档，这样既有震动，又较为稳妥；而无准备地、忙乱地仓促出击，难免要“煮夹生饭”。

对打击刑事犯罪斗争的第一仗，既要看到

取得很大成绩，但又不能对这些成绩估计过高。一是因为这次收捕的犯罪分子多是浮在面上的，藏在深处的后台和教唆犯还没有挖出来，而这些人又是最危险的；二是社会治安出现的相对稳定，是暂时现象，犯罪分子在强大攻势面前有所收敛，“风”一过他们又要兴风作浪，有的还会行凶报复；三是过去积压的一些大要案基本上还没有破获。所以，应在第一仗基本结束后，认真总结经验教训，为打好第二仗，乃至第二个战役提供更有利的条件。

刘复之后来回忆说：

在这期间，还有一件事。就是1983年11月份，根据中央的要求，全国开始进行整党。12月，主要是学习中央关于整党的文件。到1984年，就是对照检查阶段了。最高人民检察院为了搞好整党，工作安排上也有了一些变化，在2月份接连召开17个半天的座谈会，号召大家对检察工作和高检院机关的工作提意见和建议。

参加会议的除了党组的同志外，还有最高人民检察院各厅、室的负责人。大家半天开会，半天工作，我们把这叫做“下跳棋”。在工作部署上，也讲“三股洪流汇成一股”，即把整党和打击刑事犯罪、打击经济犯罪结合起来，用整党带动“两打”，通过“两打”促进整党，保证整党的成果。

1984年2月，为了加强对“严打”斗争的指导，中央政法委员会草拟《中央政法委员会关于巩固发展严厉打击刑事犯罪活动第一战役的成果和准备第二战役的一些设想》的报告，经中央批准后转发各地。

这个报告分析了开展“严打”斗争半年来治安形势的变化，一方面肯定了“严打”已经取得了重大胜利，社会治安情况大有好转。另一方面指出，对治安情况的好转不能估计过高，必须充分地认识到严厉打击刑事犯罪斗争的复杂性、艰巨性和长期性。

这个报告在总结前段斗争经验的基础上，提出进行第二战役的设想。报告强调：

在继续贯彻执行依法“从重、从快”方针的同时，要加一个“准”字，保持清醒头脑，防止扩大化和违背政策法律的行为，保证斗争健康地深入发展。

在继续集中打击的同时，把综合治理的其他各项工作大大推进一步。

1983年11月7日，经中央书记处批准，中央政法委员会又在北京召开全国政法工作会议。

这次会议的主题就是在充分肯定第一战役的明显效果和主要经验的基础上，研究如何巩固成果，准备打好第二战役，特别是怎样改变第一战役中存在的“粗”的问题。

会议要求：

各地尽量把工作做得更加细致，保证斗争质量，严格按照中央的方针和部署，坚定地把斗争深入开展下去，同时还要抓住有利时机，落实社会治安综合治理措施。

全国政法工作会议之后，最高人民检察院又召开了省、市、自治区检察长会议，具体落实政法会议精神，研究如何从检察环节，做好批准逮捕、审查起诉等工作，保证“严打”斗争的质量。

这次会议指出：

人民检察院作为法律监督机关，要坚决反对轻视法律程序的思想，在“严打”斗争中，既要从重、从快，又要按照法律规定和诉讼程序办案。既要在党委统一领导下，实行联合办公制度，又要坚持公、检、法分工负责，各司其职的原则。注重从检察环节防止和减少错捕、错诉案件，解决第一战役中存在的“粗”的问题，保证“严打”斗争顺利健康进行。

刘复之后来回忆说：

我在会议开始和结束时讲了话，特别提醒大家不要忘记两个教训，一个是在我们党的历史上，在群众运动中往往发生斗争扩大化的教训，另一个是近几年来对犯罪分子打击不力的教训。

从1984年9月前后到1985年，是“严打”斗争的第二战役，这是最具关键性的一个战役。它是“严打”斗争取得决定性胜利的根本所在，因为它的重点是深挖隐藏较深的犯罪分子，既要深挖穷追，又要在一定范围内保持集中打击的声势。

全国各地的公安干警发扬连续作战精神，为夺取“严打”整治斗争的最后胜利而继续奋斗。

“严打”的第二战役开始以后，全国各地的公安干警又迅速地行动起来。

在广东某市，一辆辆警车从某歌舞厅驶回。随着车门的打开，威严的刑警从车厢里推下来一个个手戴钢铐、眼露凶光的歹徒。

这些人都是黑社会和带有黑社会性质帮派团伙组织

的成员。他们平日结成帮伙，从事勒索、盗窃、抢劫、嫖娼和打架斗殴等违法犯罪活动。被抓获的两个黑帮组织成员为争夺“黑道”一方的地盘，刚才正在某歌舞厅内“开片”决斗。

在中国东北重镇抚顺市西部的一个露天煤矿洗煤河滩上，公安干警们展开了一场追捕当地恶霸势力的激烈战斗。

一个手握高倍军用望远镜的公安干部发出一声战斗命令，草丛中随即吐出数十条火舌直扑河滩。紧接着，对面东坡的恶霸团伙各种猎枪、“老洋炮”、火药枪喷出的火舌顿时织成一片火网，峡谷回荡着震耳欲聋的枪声。

几分钟后，东边草丛中发出一阵令人毛骨悚然的喊声：“冲啊、杀啊！”10 多个持枪歹徒沿着开阔地直向西坡冲去，边冲边喊边开枪。

公安干警加强了火力，冲在最前面的两个歹徒中弹倒了下去。其余的人全都趴在地上，匍匐前进。渐渐地，歹徒们支持不住了，他们纷纷缴枪投降……

刘复之后来回忆说：

> 此时，最高人民检察院也分两批派出 20 个工作组，到全国各地调查情况，指导工作，帮助和引导各级检察机关正确掌握“严打”斗争的法律政策界限，效果不错……

随后，全国各地的公安干警立即投入到紧张的战斗中。

一个当年参加过“严打”的民警后来回忆说：

1983年，全国“严打”开始的时候，我是一名刚进公安队伍的民警。

那时，我参与了我们市里一起“重大流氓集团案”的办案工作。作为一个新来的小兵，我在办案过程中学到不少的东西。

这个案件很大，涉及犯人30余人，其中女犯就有8人。对这些犯人的提审、押解、看管，这些程序我都亲眼看到过。

为了这个案子，我在看守所住了近3个月。当时，30多个人中，有10多个一进去就钉了脚镣。

一天下午，天气很热，30多名犯人，戴着手铐蹲在看守的一个小院里，旁边站满了警察。办案负责人每喊到一个犯人的名字，就有两名警察把这个犯人拉出来，然后让犯人交代问题。

我负责的那个女犯是第13个被喊到的，她被判了12年。

那起案件最后执行死刑的有9人，其中有一名女犯。我参与了把犯人们提出监号、卸镣上绑、公判大会、游街示众，一直到刑场执行的全过程。这些犯人是害人者，可是，当法律只能选择剥夺他们生命的时候，他们真让人觉得可怜、可悲。

在枪声响起的那一瞬间，我深刻地感受到了公安人员工作的艰辛与神圣，还有法律的不可亵渎，那种感受真的难以用语言和文字表达。

1984年10月31日，中共中央批转中央政法委员会《关于严厉打击严重刑事犯罪活动第一战役总结和第二战役部署的报告》。

“报告”中说：

一年来的实践证明，在社会治安不稳定的情况下，采取组织战役、统一行动、集中打击的办法，依法从重、从快惩处严重刑事犯罪分子，不但十分必要，而且非常见成效。

它解决了我们多年来想解决而没有能够解决的问题，为开创政法新局面，争取社会治安根本好转积累了经验。

“严打”的第二战役结束以后，许多地方的公安局都举办了“打击流氓恶势力成果展”。

公安部门表示，举办展览主要目的在于表明“流氓恶势力露头就打”的决心，震慑各类违法犯罪行为。

后来，有人在文章中充满激情地这样写道：

> “严打”一个波次一个波次地进行，各大城市，人民警察昼夜巡逻在街道上。
>
> 上海外滩的治安岗亭彻夜亮灯，北京的胡同里戴着红色“治安”袖箍的老大妈昼夜巡逻。逞凶一时的唐山“菜刀队”被一网打尽，持枪抢劫犯“二王”在重重围剿中走投无路。
>
> 人们反映，单身妇女现在上夜班也不害怕了，这就是社会治安好转的标志。

第二战役结束后，社会治安进一步明显好转，人民群众的安全感大大增强，但治安形势还不稳固，各地区情况也不平衡。

一些新的犯罪形式开始出现。

“严打”取得丰硕战果

1986年3月上旬，全国公安厅、局长会议召开，与会人员研究决定，继续打好第三战役。

这次会议确定第三战役的指导思想是：

> 一手继续抓严厉打击犯罪，一手抓综合治理措施的落实，做到打击、防范、建设相结合，为长治久安打下牢固基础。

在“严打”的第三战役中，打击流窜犯罪是一个重点。流窜犯罪的特点就是甲地作案乙地销赃丙地隐匿，公安机关的打击往往受地区限制有点鞭长莫及。

当时，刘文已经任公安部刑侦局局长，针对这种情况，他提出在全国范围内按照地域，如东北地区、华北地区等，建立全国刑侦协作区。

有关部门接受了刘文的提议，在全国成立6个大的协作区，每个协作区域选出牵头省、市，每年召开例会，区域内省市轮流“坐庄”。

刘文对此感到十分自豪，他后来说：“这种区域性刑侦协作组织，打破了小的行政区域限制，做到了信息共享、有案共破，联手打击犯罪，在打击流窜犯罪方面起到了非常重要的作用，至今在世界上都是独一无二的。”

第三战役在确定了工作方针后，由各地公安机关根据本地情况开展。

指挥部一声令下，全副武装的公安干警和武警官兵犹如离弦之箭，分头射向无边的黑夜，一张张搜捕的大网把犯罪分子罩得严严实实。天网恢恢，疏而不漏。

第三战役的行动之快，范围之广，打击力度之大，让犯罪分子深感畏惧，收到了良好的效果。

这次战役到1987年1月底结束。

从1983年8月到1986年，在整个“严打”斗争的三个战役中，各级检察机关审查批准逮捕的各种严重刑事犯罪分子有170多万人，向审判机关提起公诉160多万人。总的说来，检察机关在这场斗争中，贯彻中央的精神是坚决的、认真的，从始至终紧密地和中央保持了一致，“念一本经，唱一台戏”，与政法各部门密切配合，协同动作，较好地完成了任务。

同时，作为法律监督机关，也充分发挥了职能作用，随时注意解决工作中存在的问题，切实加强对侦查活动和审判活动的监督，确保案件质量，从检察环节保证了“严打”斗争的健康发展。

政法各部门在投入“严打”整治斗争的同时，还十分注重教育、整顿和锻炼队伍，克服厌战情绪，始终以饱满的政治热情和高昂的斗志投入到“严打”整治斗争中去。

全国各地群众对于公安部门的“严打”行动十分支持，他们用这样一首歌曲来赞扬公安干警：

几度风雨几度春秋，
风霜雪雨搏激流，
历尽苦难痴心不改，
少年壮志不言愁。
金色盾牌热血铸就，
危难之处显身手，
…………
峥嵘岁月何惧风流。

三、 警钟长鸣

- 上海市委副书记吴邦国说：“要坚持在法律面前人人平等……”

- 上海市委宣传部的一位干部表示：法院的判决是正确的，对端正党风有好处。宁可一家哭，不要千家哭……

- 邓小平说：“死刑不能废除，有些罪犯就是要判死刑。现在总的表现是手软。判死刑也是一种必不可少的教育手段。”

陈小蒙被执行死刑

在“严打”的第三战役中，陈小蒙、胡晓阳等相继落入法网，被判死刑。

1986年2月20日，一个令人震惊的消息刊登在全国所有大报的显著版面上。

这条发自上海的消息称：

以陈小蒙、胡晓阳、葛志文为主犯的强奸、流氓案，共有6名罪犯，其中有的是上海市高级干部的儿子。

他们是：原《民主与法制》杂志记者陈小蒙，原《世界建筑导报》记者胡晓阳，原上海新华香料厂工人葛志文，以及原中国民航一〇二厂工人陈冰郎……

1981年至1984年间，他们经常纠合在一起，以跳舞、帮助调动工作等名义，诱骗妇女至陈小蒙、陈冰郎等人的家中，结伙或单独进行强奸、奸淫、猥亵妇女的犯罪活动，共轮奸、强奸妇女9名。

这伙罪犯罪行特别严重，犯罪情节特别恶劣，对社会危害极大……

与此同时，全国各报同时刊登了新华社转发的《人民日报》特意为此案配发的评论员文章《坚持在法律面前人人平等》。

陈小蒙等将要被枪毙的消息在上海引起极大的轰动。

这一天，上海市民最热衷的话题，似乎不是元宵、花灯和美食，而是对三个死刑犯的枪决。

这天下午，市中级人民法院在一家体育馆开庭，宣布市高级人民法院下达的对强奸流氓犯陈小蒙、胡晓阳、葛志文执行死刑的命令。

闭庭之后，上海市政府又举行全市干部大会，市委副书记吴邦国在会上说：

> 要坚持在法律面前人人平等，不管是什么人，不管是哪一级干部，也不管什么人的子弟，只要触犯了刑律，就要严肃查究，秉公执法，决不姑息。

陈小蒙走上犯罪的道路，开始于1981年。

1981年初，隆冬季节，原上海市委宣传部副部长陈其五在历尽劫难之后重返领导岗位，官复原职。那一天，陈其五在儿子陈小蒙的陪同下，去看望当时正担任中共上海市委第二书记的胡立教。

客厅的沙发上，两位鬓发苍苍的老人久别重逢，谈兴正浓。而在另一个场所，陈小蒙与胡立教的儿子胡晓阳的谈话似乎更为投机。

此时的陈小蒙正为婚姻问题困扰：他因为与昔日的恋人旧情复萌而开始厌恶结婚才几年的妻子，他打算离婚，妻子却坚决不同意。

陈小蒙说到烦恼之处，不禁唉声叹气。

比陈小蒙小 6 岁的胡晓阳，反倒以过来人身份“开导”起他来，胡晓阳满不在乎地说：“你太缺少男子气了，缺少时代感！女人就像身上穿的一件衬衫，脱了穿，穿了再脱，根本不值得为她痛苦。人可风流，不可下流，你有相好的女人就应该贡献出来，大家玩玩！”

胡晓阳的几句话，让陈小蒙深受震动，茅塞顿开。

从此以后，陈小蒙与胡晓阳结伴打网球，上饭店，住宾馆。正在华东师范大学中文系求学的陈小蒙，完全拜倒在粗鲁得近于文盲的胡晓阳脚下。

党的十一届三中全会后，陈其五重新出来工作。这位忠诚正直的革命者，一直工作到他离别人世。陈小蒙在父辈的革命理想和情操面前，曾经不得已装出虔诚和尊重，但他心底里却认为已过时，新一代人有自己最新的见解，他把这称之为“代沟”。他和弟弟陈冰郎发出这样的宣言：“要把过去的损失夺回来，及时行乐。”

正在此时，陈小蒙结识了胡晓阳这个花花公子，他开始一步一步地走向深渊。

一位美国教授到华东师范大学开讲座，谈到了西方社会的“性解放”问题。陈小蒙听得如饥似渴。

就这样，胡晓阳的理论和美国教授的洋说教，两下夹攻，让陈小蒙觉得自己以前的日子简直过得太没意思了。陈小蒙很快找到了补偿的机会。

在他生活的圈子里，陈小蒙爱扛家里的牌子是出了名的。他到什么地方都喜欢亮一亮身份，露一露家底。事实上，这块牌子也确实给他带来不少方便。

陈小蒙利用自己的特殊身份，一次又一次地向女性伸出罪恶之手。

一位年轻的检察官曾指出：

> 由于社会环境和他所受教育对他的约束，陈小蒙的犯罪过程呈现出复杂的一面。他害怕过，他犹豫过，他甚至歉疚过。他企图找到一种“理论”根据，来证明他行为的“合理性”。他用他获得的知识与文化，来追求资产阶级最腐朽的“新思想”，“性解放”终于成为他犯罪心理的支柱。

自从陈小蒙进了《民主与法制》杂志当记者后，更虚伪地给自己涂上一层保护色。他平日举止斯文，采写报道也很勤快，甚至剃短了蓄了多年的长发，在编辑部里一句不文雅的玩笑都不开。以至案发之后，同事们都惊呼，觉得不可思议。

青年姑娘小于身患小疾，可久治不愈。经人介绍，她求助于神通广大的“名记者”陈小蒙。这正中陈小蒙的下怀，他“热情”地邀约小于上自己家稍坐，然后一起上医院找某名医把脉。岂料，“稍坐”变成了陈小蒙的非礼，小于旧病未愈，又添新伤。

女青年小赵，喜好跳舞，只要有舞会，天大的事也挡不住她。这个“信息”被葛志文捕捉到了，马上把她当做“羔羊”，送到了陈小蒙、陈冰郎兄弟的手中。

娄姑娘十分爱好文学，经常写些文稿，但她自觉浅陋，不敢投稿。她慕名请陈小蒙审改。陈小蒙“慨然应允”，约娄姑娘到自己家中，结果可想而知。虽然娄姑娘竭力反抗，终因体力不济惨遭摧残……

不法分子落入法网

1984 年 10 月 19 日，上海市公安局卢湾公安分局预审科干部老赵和老王，收到看守所转来在押罪犯的一份检举材料，全文只有一句话："我听 ××× 说，有个女青年被轮奸了。"

如此简单的检举材料，对于公安人员来说，是个不易解答的"难题"。

老赵和老王久久注视着这句话。这句话引起他们的高度重视。

于是，老赵和老王立刻提审那个写检举材料的人，希望从他嘴里"掏"出详细的情况。结果，依旧是这么简单，只是用肯定的口气重复了那句话。

老王和老赵下决心对这句话展开调查。他们找到了"×××"，谁知"×××"又是听"×××"说的。这样，七转八弯，费了不少周折，终于找到了那个被害的女青年。

一位个子高挑的姑娘，出现在公安人员面前。她的衣着和谈吐都很朴实，带有几分腼腆，还显得有些慌张。她只是喃喃地说："没有呀，确实没有做过见不得人的事呀。"

老赵和老王在不愿再让姑娘勾起那辛酸的往事的同

时，只好静静地等待着姑娘开口。

这位姑娘长久地陷入沉思。她的脸色渐渐地黯淡下来，泪珠在眼眶里开始滚动，终于，她喃喃地叙述了两年前那个让她痛苦终生的夜晚……

这个姑娘后来回忆说：

我并不喜欢跳舞。是纯属偶然的事情，我被×××带到一家人家屋里，没有想到却陷入了一个“魔窟”，他们强行轮流污辱了我……

我叫不出他们的名字，只记得一个是戴眼镜的，另一个有人喊他叫“小鸽子”。那个叫“小鸽子”的还对我进行要挟：“我们都是高干子弟，你要告去告好了。”

我很软弱，只得咽下了这口冤气。×××虽然没有欺侮我，但我恨他，是他把我带到了“魔窟”……

我只记得，当时乘26路电车，在××路下车，随后进入了一条弄堂，七转八弯地到了这家人家。那地方好像很僻静，路旁有行大树……

姑娘再也无法说出案发的详细地址和作案人的真实姓名。但从她提供的材料中，老王和老赵觉得此案绝非一般，那种残忍之极的作案过程，充分说明罪犯是个老手。

老赵和老王向领导作了汇报，大家一致认为：为保护妇女的人身权利，应该细查深挖，捣毁“魔窟”。

事不宜迟，一个详尽的侦查计划形成了。

第一步先搞清作案现场。这天晚上，那位姑娘配合公安人员前往两年前曾经去过的那个地方辨认。

这个姑娘在前面走，老赵和老王身穿便衣，与姑娘保持10来米距离，紧紧尾随。

尽管事隔两年，这位姑娘又只去过一次，但是那令人心碎的往事促使她回忆出走过的路和见过的树，以及那已模糊不清的弄堂。

一条横马路，又一条横马路，姑娘在三条横马路之间徘徊，最后认准了中间的那条横马路。她毫不犹豫地拐进了一条弄堂，忽儿东，忽儿西，弯弯曲曲地到弄堂底。

“好像是这儿。”她指了指一幢楼房。

老赵和老王都有些吃惊，他们知道这里是上海市高级干部居住的地方。

“不会搞错吧?”老赵和老王用询问的目光注视着她。

姑娘态度坚定地说：“大概不会错。总归在这个圈子内。”

第二天，老王和老赵走访了该区居民。里弄干部反映说：在这条弄里有两户人家经常举行家庭舞会，一家是×号，但没有发现什么不正常的现象；另一家是××

号，出没的人员频繁，男男女女的一派乌烟瘴气，小区里早有所闻，有关部门也来了解过……

老赵和老王作了详细调查，对其中的一个住户产生了怀疑，因为它的位置恰在被害人辨认的圈子里。里弄干部所述这户人家屋内摆设同被害人陈述的基本吻合。

后来，老赵和老王经过调查才知道，这户人家确是高干子弟。屋内住着兄弟两人，哥哥是《民主与法制》杂志社记者陈小蒙，一个戴眼镜的人，这又与被害人所述的相符合，弟弟是中国民航一〇二厂工人陈冰郎。

老王和老赵将调查来的情况及时向科长、副科长作了汇报。两位科长态度十分坚决，一致认为：法律面前人人平等。同时，他们又将案情的复杂性向刘副局长报告，刘副局长回答得很干脆："有一个查一个，彻底查清案情。"

老王和老赵极为慎重地做了大量的"外围"侦查工作，还取得了陈家兄弟的照片请被害人辨认。那位姑娘用手指了指戴眼镜的陈小蒙说："我印象中是他。"

但是，毕竟事情过去两年了，被害人一下子难以确认。

老赵和老王决定将这步"棋"放一放，迂回出击，先去寻找那个名叫"小鸽子"的人。如果说，陈小蒙家是个"魔窟"，那么他的狐朋狗友势必经常出没那里，这其中肯定有那只"小鸽子"。

老赵和老王循着这个绰号再次到小区调查，当地居民反映：只听到有一个叫“野鸽子”的，但却不知道“野鸽子”的真实姓名和工作单位。尽管“小鸽子”与“野鸽子”有一字之差，但可确知有一只“鸽子”经常“飞”到陈小蒙家。

老王和老赵决定跟那个带被害人去跳舞的人作正面交锋，试图从他嘴里获取“小鸽子”的真实姓名和来龙去脉。此人如实交代了前往跳舞的经过，并说出“小鸽子”叫葛志文，是新华香料厂的工人，家住某某路某某号。他只说同葛志文有来往，但不知那个戴眼镜人的底细。他还说，记得当时跳了一会儿舞，那个姑娘被一个戴眼镜的人带走了。当时，他还以为她有事告辞而去……

“小鸽子”成了重点侦查对象，老赵和老王收取了葛志文的照片请那姑娘辨认，她一口咬定：“不错，就是这个‘小鸽子’。”

1984 年 11 月 24 日下午，一辆机动三轮车驶进了新华香料厂，车内坐着三个人：一个是被害的那位姑娘，另外两位就是身穿便衣的老王和老赵。

当时，没有人注意这辆普普通通的机动三轮车。

下班的铃声响了，厂内涌出一股人流。这时，一个瘦小的身影摇摇晃晃地出现了，那位姑娘的视线立刻集中到他身上。

“就是他。”也许“小鸽子”的特征比较明显，被害人一眼就认出了他。

机动三轮车缓缓地围着这个瘦小的身影转了几圈，通过“多侧面”让被害人作准确无误的辨认。她斩钉截铁地说：“肯定是他!”

经过突击审讯，老赵和老王得知这个人叫葛志文，绰号就叫“小鸽子”。

葛志文知道已经“坏事”，任何抵赖狡辩都已于事无补。于是，他吞吞吐吐地交代了一个又一个遭到过他们摧残的年轻妇女，同时也供出了陈小蒙、陈冰郎等人参与共同犯罪。他说：“我感到认识了陈小蒙、胡晓阳他们，自己的身份也高了。认为他们有学问，条件又好，神通广大。我对他们的腐朽生活方式非常羡慕和崇拜，开始走向堕落……”

葛志文还供认了作案地点多半在陈小蒙家。

公安人员在搜查葛志文家时，查获一张买飞机票的介绍信和一本通讯录，上面记载着许多女性的姓名和通讯地址。

根据葛志文的证词以及那本通讯录，副科长先后带了7名女公安干警，分头查访被害人，把陈小蒙、葛志文、陈冰郎的照片给她们一一辨认，全部得到证实。触目惊心的犯罪事实证明了陈小蒙家是个“魔窟”。

陈小蒙兄弟发现“小鸽子”突然“失踪”，凶吉难卜，急得像热锅上的蚂蚁。他们四处奔波，到处打电话寻找葛志文。

此时，卢湾公安分局预审科将获取的罪证以及陈小蒙、陈冰郎兄弟的新动向向分局党组作了汇报，提请区政法委员会讨论。意见都是一致的：罪恶累累，应该逮捕追究法律责任。市局领导态度相当明确：

王子犯法，与庶民同罪。法律面前人人平等。严格依法办事。

一张围捕陈小蒙、陈冰郎兄弟的网撒开了。

1984 年 11 月 30 日下午，几经研讨的周密计划付诸实施。卢湾区公安分局预审科科长老王担任总指挥，他一声令下，公安干警兵分两路：一路由老王带队去捉拿陈小蒙，一路去捉拿陈冰郎。

很快，陈冰郎被公安人员带到篮球场，他问了一句："啥事情?"

公安人员严肃地说："跟我们走一趟。"

陈冰郎面对三位身穿制服的公安人员，不由一怔。当他还未清醒过来时，迅即被推进了吉普车，只听"咔嚓"一声，一副亮铿铿的手铐铐在他手上。

与此同时，老王和小邹身着便衣，先到陈小蒙的单位《民主与法制》杂志社。单位反映说，此人踪影无常，有时不来，很难找得到他。

老王和小邹立刻掉转车头，直朝陈小蒙家驰去。谁知，陈小蒙家"铁将军把门"。邻居反映说，他同妻子看电影去了。

会不会听到风声而仓皇出逃了？老王和小邹心里十分焦急。他们耐心地守候着，一小时，两小时，一直守候到21时。

这时，陈小蒙同他妻子踏着夜色进入家门。

老王和小邹看到三楼的灯亮了以后，在小区民警的配合下，敲响了陈小蒙的房门。

门开了，老王和小邹闪身进屋，立刻亮出了“收容审查证”。

陈小蒙两眼直勾勾地望着这张“收容审查证”，脸唰地白了，惊恐之下，身子不住地打战。

“赶快穿上鞋子，跟我们走。”老王催促道。

陈小蒙绝望地摇了摇头，脱去拖鞋，换上皮鞋……当陈小蒙被押解到指定地点时，已是22时了。

经过连续几天的突击审讯，案情日趋明朗：主犯胡晓阳的面目暴露出来了，参与共同犯罪的还有陈丹广、康也非。

卢湾公安分局乘胜追击，布下罗网捉拿胡晓阳这条“大鱼”。

1985年1月24日，北风凛冽，最低气温零下三摄氏度。中午时分，一辆又一辆的小车驶进了衡山宾馆，紧挨宾馆的周围静静地停着几辆吉普车。

这些车都是公安部门派来的。坐在车里的人都是身着便衣的公安人员。他们这次是来抓捕胡晓阳的。

胡晓阳是深圳大学《世界建筑导报》记者，他经常以做生意为名，出没在深圳与上海之间，此刻正住在衡山宾馆。

与陈小蒙相比，不学无术的胡晓阳全无羞耻之心，根本不需要什么伪装和借口，他依恃自己的社会地位和条件，满足自己赤裸裸的兽欲。

早在70年代，不到20岁的胡晓阳已经是一个响当当的“混世魔王”。他与陈小蒙相识后，多次厚颜无耻地炫耀他在北京的色情历史。他还嘲笑陈小蒙“太差劲了”。

自从父亲重新分配工作以后，胡晓阳更加有恃无恐。

有一次，胡晓阳一伙竟将一个女青年骗至饭店，暗中在她的葡萄酒中掺入白酒，然后轮番劝酒，将她灌醉。随即借口让她休息，将女青年哄入他和狐朋狗友们在楼上开的包房。女青年察觉到他们的罪恶企图之后，一面指责，一面哭泣反抗，但终因酒后乏力而遭轮奸。

在抓捕胡晓阳的时候，上海市公安局考虑到捕捉时的难度，抽调了部分兵将，配合卢湾公安分局共同战斗。市公安局和刑侦处数名领导亲临现场督战。

公安干警在衡山宾馆整整守候了10多个小时。此时，夜色渐深，气温更低。

到了21时许，卢湾公安分局的老赵和老王等人身着便衣，走到衡山宾馆三楼，轻轻地敲响胡晓阳的房门。出来开门的正是这个胡晓阳。

“请跟我们走一趟。”老王不露声色地说道。

“做啥？”胡晓阳若无其事地问。

“有点事，去了你就知道了。”

老赵和老王等人把这个强奸流氓案的主犯押进守候在外的车子内。

警备车的蜂鸣器一路呼叫，仿佛在为这场战役的胜利报捷。主犯全部落网后，公安人员接着又部署追捕康也非的计划。

在胡晓阳落网的 40 个小时后，卢湾公安分局向深圳市公安局发出了一份电传，请他们立刻控制深圳华仪利能电脑工业公司的职员康也非。

1 月 26 日，深圳市公安局电复“康已到手”。

第二天，老王会同市公安局刑侦处的一名侦查员立刻飞往深圳，顺利地将康也非押解到上海。

眼下已剩最后一名罪犯陈丹广还逍遥法外。

陈丹广是中国远洋运输总公司上海分公司的船员，此刻正随“清河城号”船在大洋彼岸。

2 月 15 日，“清河城号”驶抵上海港，船刚靠上高庙码头，早已守候在此的三名公安人员立即登上船楼，将陈丹广捉拿归案。

经过将近 4 个月的日夜苦战，陈小蒙流氓犯罪团伙的 6 名罪犯全部落网。

法律面前人人平等

淮海中路一带，是上海滩闻名遐迩的高级住宅区。陈小蒙的家就坐落在其间的一幢楼房里。这幢楼东面的那条马路上坐落着中共上海市委的组织部、宣传部；南面即是中共上海市委办公厅；西面仅几步之遥，便是中共上海市委纪律检查委员会。有谁会相信，就在中共上海市委机关后院的那幢楼房，竟会变成陈小蒙、胡晓阳一伙罪犯的作案场所。

陈小蒙、胡晓阳等人依仗自己高干子弟的身份，不把法律放在眼里。

天生丽质的王姑娘惨遭轮奸以后，陈小蒙正在拍外景。他的一个同伙慌慌张张跑来找他，对他说："不好了，这个姑娘的父亲是公安局的，她要去上告了。"

陈小蒙却不以为然，他漫不经心地说："公安局的怎么了？她去上告有什么用，我们不承认！"

卢湾区公安分局的预审科长后来说：

葛志文被捕后，在供出胡晓阳的姓名时，冷笑不绝，他根本不相信公安局敢去碰他们这伙公子哥们。

依法逮捕胡晓阳时，他压根儿不当一回事，

以为这只是走走形式而已，过不了几天又可以飞赴深圳了。

然而这一次，这伙人错误地估计了形势。

这次“严打”斗争以扫污荡浊之势，毫不留情地要摧毁一切邪恶势力。

难怪陈小蒙的弟弟陈冰郎在接到判决书后，不由自主地脱口而出：“共产党动真的了！”

陈小蒙、胡晓阳、葛志文三犯伏法之后，上海市委宣传部的一位干部在接待法院审判人员的走访时表示：

法院的判决是正确的，对端正党风有好处。宁可一家哭，不要千家哭……

在陈小蒙、胡晓阳案件的侦破过程中，上海市公安局敢于碰硬，克服了许多的阻力。

1984 年 11 月 30 日，卢湾分局一面准备捕捉同案罪犯，一面向市公安局汇报请示，市公安局很快下达指示：

要迅速彻底查办此案。不管涉及谁，都要铁面无私，执法如山！

当时，有人企图给陈小蒙的弟弟陈冰郎通风报信。陈氏兄弟被带到卢湾分局时，已是22 时 40 分。次日，市公安局的负责同志听取汇报后，旗帜鲜明地表示：这种人不抓，还要我们干什么?!

1985 年 1 月 23 日将近午夜时分，胡晓阳被收审。

担任陈小蒙、胡晓阳一案公诉人的是一位年轻检察官，在办案前后曾遭人白眼指责，他却毫不在意，坚持着自己依法办事的原则。

陈小蒙、胡晓阳一案自 1984 年 10 月开始立案侦查，到 1985 年 8 月才交由上海市人民检察分院向上海市中级人民法院提起公诉，调查时间达 10 个月之久。

在此期间，公安部门查找了 240 多名证人和被害人，足迹遍及河北、河南、湖北、安徽、江苏、四川、广东、北京和上海，终于彻底查清了陈小蒙等人的罪行。

1986 年 2 月 1 日，上海市中级人民法院依法作出如下判决：

以强奸罪、流氓罪判处陈小蒙、胡晓阳、葛志文死刑，剥夺政治权利终身，同案犯陈冰郎、陈丹广、康也非分别被判处有期徒刑 20 年、5 年、3 年。

除康也非之外，其余 5 名案犯不服判决，提出上诉，上海市高级人民法院经过审理，依法驳回陈小蒙等人的上诉。

在对这个团伙进行判决前半个月，1986 年 1 月 17

日，邓小平在中央政治局常委会上，就“整顿党风和实现社会风气根本好转”发表讲话。他说：

抓党风、社会风气好转，就是要从具体案件抓起。越是高级干部子弟，越是高级干部，越是名人，越要抓紧查处，抓住典型。因为这些人犯罪危害大，抓了，处理了效果也大。

邓小平还说：

死刑不能废除，有些罪犯就是要判死刑。现在总的表现是手软。判死刑也是一种必不可少的教育手段。

邓小平的这段讲话，无疑对此案的判决产生了影响。

在“严打”过程中，上至中央，下至地方，都对中央严惩犯罪分子的做法表示支持和拥护。

事后，上海市委宣传部的一位副部长认为这个案件要公开报道，让全市人都知道。

中央领导同志在一次讲话中谈到陈小蒙、胡晓阳案时，指出：

胡立教的儿子判了死刑，但这样的事情这两年不是做得多了，而是做得少了。惩治腐败要认真做几件大事，透明度要高。

在庄严的法庭上，陈小蒙曾经作过一次“最后的陈述”。

此时，陈小蒙平日那种高矜傲慢的神气早已不见，他的神情十分沮丧。

陈小蒙在陈述中十分悔恨地说：

> 通过几天的开庭审判，我更加认清了我自己。我表面上是个文质彬彬、戴着一副眼镜的知识分子，是《民主与法制》的记者，给人的假象是知书达理。可是，我出于玩弄妇女的目的，通过“跳舞”，利用女青年有求于我或打着高干子弟的招牌，以介绍拍电影、拍电视为诱饵，或采取欺骗、或抓住某些女青年弱点等手段，奸污、猥亵了近 26 名女青年，更为严重的是，我还强奸了 4 名女青年，给她们身心带来了不可磨灭的创伤……

胡晓阳在伏法前一天，给父母、妻女写下洋洋洒洒几千字的遗言。他在写给父母的遗言中充满悔恨地说：

> 我从心里后悔我的过去，可是太晚了。我没有接过革命的班，我太对不起爸爸妈妈了。

儿子也不能孝敬你们了。

我是在党的培养下长大的。我热爱党，对我的判决我没有什么说的，只希望能教育更多的人，不要走这条路。

这也是我没有好好学习的结果，头脑里没有法制观念。我对我过去的罪是悔恨的。我从心里认识到它的危害性。法律是无情的，我应该受到政府的惩处……

1986年2月19日，在上海市西南郊的刑场里，传出三声枪响，陈小蒙、胡晓阳、葛志文受到了法律的严惩。

“严打”斗争胜利结束

在1983年的“严打”中，中国共产党表现了它的决心。当年8、9两个月，全国各大中城市就收容审查、拘留、劳动教养和逮捕了一大批各种刑事犯罪分子，迅速审判、执行，吊销城市户口，送往西部服刑……立竿见影的是，在“严打”刚开始的9月，“二王”就在江西被当场击毙。

这年9月，电影演员迟志强在河北完县拍摄电影《金不换》的外景，休息时正和同事在宾馆客房打扑克牌。

一阵敲门声之后进来的却是完县协助他们拍戏的派出所警察。

迟志强看到了一张与平日的客气随和完全不同的严肃面孔，便问他：“谁得罪你了？”

警察只对迟志强说：“你出来一趟。”

迟志强往房门外一探头：一走廊蓝制服红领章的警察早已严阵以待。

一个月前的8月25日，中国政府发动“严打”斗争以后，警察通知迟志强，他们接到南京警方的电话：拘捕迟志强。

接下来的程序进行得很快，10月，迟志强因流氓罪被判刑4年，罪名是聚众淫乱。他的青春时代在河北完县画上了句号。

后来，迟志强在服刑期间表现优异，记了三次大功，提前两年释放。

当时，每一个大案的破获，都伴随着群众对执政党的欢呼叫好和民心的安定。在各地，经常有群众放鞭炮欢呼党和政府惩治坏人、保护好人，很多人登门表扬、感谢公安局、派出所。

有人在文章中这样写道：

> “严打”的时候，我还是一个小学生，每次看见电视新闻中播出：我市于某月某日将开展声势浩大的“严打”斗争，集中力量打击一批严重危害社会的犯罪行为。我就知道要抓坏人了，感到十分兴奋。
>
> 几乎就是在一夜之间，警笛长鸣，警车呼啸，然后便是公审公判，甚至游街示众。法警押着身穿囚服的犯罪分子在闹市中经过，颇有大快人心之感。
>
> 这就是年幼之时对于“严打”的最初印象，当时，我心里想“严打”能惩治犯罪，恢复社会秩序，实在是一件很好的事情……

到1986年底，“严打”斗争的“三年为期，三个战役”结束，社会治安有了明显好转，基本上扭转了非正常的状况。

全国性的战役虽然已经结束，但是打击严重刑事犯罪的斗争仍然要坚持下去，不能有丝毫放松。因此，高检院在部署 1987 年检察工作任务时强调：

> 各级检察机关要注意防止和克服自满松劲的情绪，树立长期作战的思想。不能认为打击刑事犯罪不再打全国性的战役就可以不抓紧了，而是要继续贯彻依法从重、从快的方针。从当地实际情况出发，在党委领导下，与公安、法院等部门一起，组织规模不等的专项集中打击和区域性的专项集中治理，解决社会治安中的突出问题，并同综合治理的其他措施相配合，争取社会治安的进一步好转。

从 1983 年 8 月开始到 1987 年 1 月结束的全国性“严打”斗争，不仅在当时起到了严厉打击犯罪、维护社会治安、保障社会主义经济建设顺利进行的作用，而且对公安工作产生了非常重要的影响。此后很长一段时间内，“严打”成为公安工作的重要组成部分。

经历过 1983 年“严打”的人都说：“当年的‘严打’是群众检举、群众扭送、几十辆警车一起出动，警笛长鸣，一夜之间，罪犯纷纷落网，如同一场精彩的战役……”

有人评价这次“严打”活动说：“这是1950年镇反运动以来规模最大的一次集中打击。这场斗争的实际效果，已经远远超出社会治安的范围。它对于党风、社会风气的转变，对于物质文明和精神文明的建设都产生了积极的影响。”

在此期间，不少地方还召开公捕、公判大会，营造强大的打击声势；组织开展“打黑除恶”专项斗争和治爆缉枪专项行动，狠抓侦查破案；开展军警联合巡逻，集中清理遣送“三无”盲流人员，加强对社会治安的控制。

经历过这次“严打”，各地的群众普遍提高了法律意识，他们认识到法律的尊严不容亵渎，每个人都应该依法办事，做知法守法的好公民。

刘复之则深有感触地说：“依我看，这次‘严打’战役，意义极为深远，就其指导思想、气势、规模和效果来说，是继1950年到1952年镇压反革命运动之后，坚持人民民主专政的又一个有历史意义的里程碑。”

一个亲自参加过“严打”工作的老同志后来回忆说：

当时，在社会治安不好的时候，彭真同志特别强调要“依法从重、从快”；当打击刑事犯罪在全国范围内大规模开展之后，为了掌握政策，他采取谨慎的方针，强调一个“准”字。

这充分反映出彭真同志丰富的领导经验和高超的领导艺术，他知道在大规模的工作中怎样掌握火候，这一点确实值得我们学习。

当时参加过“严打”的检察院干部杨易辰后来回忆说：

对社会治安进行综合治理是我们国家的一贯方针。我对打击犯罪和综合治理其他工作关系的认识，是逐步深化的。

1982 年，我在黑龙江工作的时候，在抓综合治理时也提出了要造成让犯罪分子改也得改，不改也要逼着他改的形势。当然这里也有打击严重犯罪的含义，但对二者辩证关系认识是不够全面的，强调帮教的一面多了，强调打击的一面少了，没有抓住综合治理的首要环节。

到最高人民检察院以后，在实践中我逐渐体会到在社会治安不正常，刑事犯罪很猖獗的形势下，只强调帮教、感化是不能奏效的，打击严重刑事犯罪，应该是综合治理的首要一环，只有紧紧抓住这个环节，才能把罪犯的嚣张气焰打下去，才能把群众发动起来。把打击严重刑事犯罪和综合治理其他措施结合起来，综合治理才有效果，帮教活动才有更大的作用。

刘复之在一篇文章中这样写道：

在工作中，如何贯彻运用小平同志关于“严打”的指导思想？我有如下一些体会：

第一，要毫不含糊地坚持严厉打击严重刑事犯罪的斗争。

只要还有严重的刑事犯罪分子存在，还有破坏社会主义的犯罪分子存在，就不能放松打击犯罪的工作，对于严重的刑事犯罪分子，要依法从重、从快予以打击。《宪法》第二十八条规定：“国家维护社会秩序，镇压叛国和其他反革命的活动，制裁危害社会治安、破坏社会主义经济和其他犯罪的活动，惩办和改造犯罪分子。”严肃履行宪法的规定，是我们义不容辞的神圣职责。在工作中，要经常采取有目标、有计划、有步骤的专项斗争和专项治理。在情况需要时，不排除采取大规模的统一行动、集中打击。

第二，持久地、深入地开展和加强法制教育，加强改造罪犯、预防犯罪、强化管理和制度建设等多种社会治安综合治理工作，使这些工作同“严打”密切结合起来。大力开展群众性的综合治理，一个街道、一个厂矿、一个学校、一个村庄地认真逐个抓落实，使群众路线的工作同公安司法机关的工作密切配合。

第三，建设强有力的公安、司法队伍，特别是公安队伍，使之具有快速反应能力，能迅速有效地处理、解决各种治安问题。公安、司法队伍要具有很高的政治、业务和法律素质。

这方面，小平同志有过许多重要指示。为了国家安全和社会安定，建设一支数量足够、质量很高、装备完善的有战斗力的公安司法队伍是十分必要的。这个队伍要能够做到及时防范、侦破和打击各种重大恶性案件，能够迅速对付任何突发事件，并把它解决在萌芽状态。

这次声势浩大的“严打”斗争，沉重地打击了不法分子的嚣张气焰，极大地改善了全国各地的治安状况，提高了全国人民的法律意识，对中国的改革开放和经济发展都产生了极为深远的影响。

我们可以从温州地区在“严打”前后产生的巨大变化看出这次“严打”的威力。

1983 年开展“严打”前，温州城乡的社会秩序比较混乱，流氓团伙经常在街头结伙斗殴，非法制造土枪、土炸弹，少数犯罪分子不仅自相残杀，还殃及无辜群众，并发生了当时全国十分罕见的“二一二”爆炸公安派出所案，“六一四”“五一五”碎尸案等恶性刑事案件。

此外，温州还出现了“蓝色别动队”“地下党派”两个反革命集团，社会治安形势十分严峻，群众缺乏安全感，出现了“坏人不怕法，好人怕坏人”的不正常现象。

在“严打”过程中，温州市委及政法部门深入贯彻“严打”政策，部署了声势浩大的“严打”斗争。

经过三年的较量，温州市政府依法从重、从快地打击处理了一批罪大恶极的“害群之马”，温州的社会治安局势明显改观，人民群众安全感增加了，为温州改革开放营造了良好的社会治安环境。

本书主要参考资料

《国史全鉴》本书编委会编 团结出版社

《共和国五十年珍贵档案》中央档案馆编 中国档案出版社

《共和国要事珍闻》郑毅 李冬梅 李梦主编 吉林文史出版社

《"严打"政策的理论与实务》张穹主编 中国检察出版社

《中国大决策纪实》黄也平主编 光明日报出版社

《法网恢恢：共和国历次严打搜捕纪实》曹子阳主编 中华工商联合出版社

《二等公民：共和国"严打"纪实》革非编著 成都出版社

《正义与邪恶的较量》石国臻 赵伯栋主编 湖南人民出版社

《中南海三代领导集体与共和国政法实录》 严书翰著 中国经济出版社